女子高生がボタンを数回押す。
「ま、魔女……」
男は消え入りそうな声で、そう呼んだ。
JN285241
電蜂
DENPACHI

Fighter
RESSHIN
「降りられない
ゲームに参加しちまったってことさ」
「なんだ。
ケータイで遊べるなにかのゲームか。
無料みたいだ」
Sword Knight
DARK

Witch
ABLE
Hunter
KAEDE
「でも、おかげで私たちは強くなれたわ」
「このゲームは最低？
わかっている、そのぐらい。
それでも、しなくてはならないことがある」

すべては、「Innovate」と呼ばれるそのゲームから始まった。

「……ミィ……オレは……オレは」
光也が言いかけるなか、ミィの体は淡い緑の光に包まれていく。

電蜂

DENPACHI

1186

石踏一榮

富士見ファンタジア文庫

168-1

口絵・本文イラスト　結賀さとる

目次

Last Chapter 1 Dark.

雨の降《ふ》る日だった。

体に当たると痛《いた》いぐらいの雨。皮膚《ひふ》に突《つ》き刺《さ》さるような鋭《するど》さを持った雨の日の午後。

雲はどんよりとしていて暗く、陽《ひ》が射《さ》す気配すらないほど黒く厚《あつ》く不気味だった。時折、空が光る。

雷鳴《らいめい》が轟《とどろ》いて、雷光も走る空。

そういう演出《えんしゅつ》のようだ。演出として最高なのかもしれない。

ゲームは終盤《しゅうばん》だった。クリア条件《じょうけん》は満たした。あとは、いわゆるラスボスを倒《たお》せばクリアだ。

暗黒が支配《しはい》する廃墟《はいきょ》の一室に三人の男性《だんせい》キャラがいた。

以前、ホテルだった場所だ。廃墟内には散乱《さんらん》したお椀《わん》などの食器類や誰《だれ》かがペイントしたであろう不気味な文字。噂《うわさ》では、幽霊《ゆうれい》が出るとも聞く。

そういう設定《せってい》らしい。

唯一《ゆいいつ》の光源《こうげん》は三人が囲む金属製《きんぞくせい》の四角い箱の中の火だけ。廃材や捨《す》てられていた雑誌類《ざっしるい》を燃《も》やして作った火だった。頼《たよ》りない小さな灯火《ともしび》を上げていた。

梅雨《つゆ》時にしては、かなり肌寒《はださむ》い。

がらんと静まり返っている廃墟の室内だけに余計《よけい》に寒さを感じた。

「丸一年か……」

背《せ》もたれの壊《こわ》れたイスに三人のなかで唯一座《すわ》っているキャラが感慨深《かんがいぶか》く言った。中肉《ちゅうにく》中背《ちゅうぜい》のキャラクター。名前をデュラハンと言った。三人のなかでリーダー格《かく》だった。

「だな。ったく、長かったな」

デュラハンの右にいる体格のいいキャラクター――ウィリアムだ。寒いなか、Tシャツ姿《すがた》だった。

「あとは『ラスボス』だけか……」

デュラハンは、目の前を見つめた。光源の届《とど》かない室内の暗黒。

ここは、一階だった。

何かの集会場なのだろう、間取りは広い。一段《だん》高い舞台《ぶたい》だったところもある。はがされた畳《たたみ》があちこちに散らばっていた。窓《まど》がないため、光なしでは自分がどこにいるかわからなくなる。

「……問題ないだろ。オレたちもあれから随分《ずいぶん》と腕《うで》を上げた。勝てなかったらそれまでだ」

冷静な口調でもう一人の仲間――タスラムが箱の火を見つめながら言う。細面《ほそおもて》の顔に線の細い体つき。一見弱々しく見えるが、それを一蹴《いっしゅう》するような鋭い眼光《がんこう》の男だった。

タスラムは続けた。

「ここまで来たら、もう引き返せない。やられて死ぬか、倒して栄光をつかむか。もう、それしかない」

冷めた口ぶりだった。

「勝てるさ」

ガッツポーズを見せながらにんまりと笑うウィリアム。

タスラムはちらりとウィリアムを見たあと、また火を見つめ、言った。

「オレの足だけは引っ張《ぱ》るなよ」

「ハッ、おまえこそ」

ウィリアムはそう言うと不機嫌《ふきげん》そうにそっぽを向いた。

それを見たデュラハンがふき出して笑った。二人がデュラハンに視線《しせん》を向けた。

デュラハンは二人を交互《こうご》に見つめた。

「変わらないよな、オレら」

そう、変わらない。

戦いを始めてから、一年――。その間、三人の仲は変わらなかった。パーティを組んでから、ウィリアムがムードメーカーとなり、タスラムが皮肉を言う。そして、それをまとめるのがデュラハン。

ケンカもしたが、最後までパーティを組んでいた。

それは変わらない絆《きずな》だった。きっと、これからも変わらない。

偽《いつわ》りだとは言わせない。これをただの偽りだとは言わせない。

だからこそ、超《こ》えなければならない。

このパーティは最高だ。だから絶対《ぜったい》に――。

けれど、同時に理解《りかい》していた。気づいていたのだ、あのときから……。

オレたちは狂《くる》っている、間違《まちが》いなく。

だから終わりにしよう、この狂った無限の螺旋《らせん》地獄《じごく》を――。

Chapter 1　Innovate.

1

神崎光也《かんざきみつや》は都内の高校に通う、どこにでもいる高校三年生だ。
中肉中背で、髪《かみ》も長すぎず短すぎず。
学校の成績《せいせき》も普通《ふつう》。スポーツも普通。
卒業後はいまの成績で行ける範囲《はんい》で家から近い大学に行くつもりだ。
趣味《しゅみ》は映画鑑賞《かんしょう》、音楽鑑賞、ゲームをやることくらいだろうか。
好きな食べ物はカレー。
嫌《きら》いな食べ物はピクルス。ハンバーガーのさいは抜《ぬ》きにしてもらう。
高二のときに彼女ができたが「つまらないヒト」と言われて振《ふ》られた。思えば、なんで
彼女が出来たか不思議とも言える。
夢《ゆめ》はとくになし。まあ、リーマンあたりにでもなるんだろうと本人は思っている。つま

り、神崎光也は普通に生活して、普通の生活に満足している学生だ。そして普通の人生を送るのだろうと思っている。

変化があれば――。

と思うのは仕事を趣味にし、日常《にちじょう》に埋没《まいぼつ》していく日本人の悪いクセだ。そう思うわりにいまの自分を違う自分へ変化させようと行動をしないのだから。

光也はその日、学校から帰宅《きたく》し、着替《きが》えてからテレビゲームをやり始めた。夕飯まではいつもゲームで暇《ひま》を潰《つぶ》す。きっと明日も変わらない。

最近買ったRPGのレベル上げ。どうしてもボスが倒《たお》せない。だからレベル上げ。つまらない作業だが、次のステージに行くためには地道に努力をしなければ。

ふと、コントローラーを止めてため息をついた。

こういう努力――と、呼《よ》べるシロモノかどうかもあやしいが――はするんだな、オレ……。

勉強をがんばれば、ひとつ上の大学に行けるだろうし、目標をもって苦労すれば、何かのクリエイターになれるかもしれない。けど、しないでゲームのレベル上げは地道にやっている。

いままでのレベル上げに費《つい》やした時間を他のことにがんばっていたら……。もう一度ため息をついて、ゲームを再開《さいかい》した。

どうせ時間は戻《もど》ってきやしない。だったら、考えるだけ無駄《むだ》だ。いや、そう考えることは無駄ではないのかもしれないけど、こうやってゲームを止《や》めないで仮想《かそう》世界に浸《ひた》ってしまう自分にとっては無駄だ。

いまを楽しめりゃいい。……しかし、ふと思う。

(オレ……楽しんでいるのかな?)

ふとケータイメールの着メロが鳴った。流行《はや》りのアーティストの新譜《しんぷ》の着メロにしていた。

誰だ? 哲《てつ》ちゃんからだろうか?

そういえば借りていた音楽CDを返すのを忘《わす》れていた。きっと「明日持ってこい!」とでも書いてあるのだろう。

ベッドに放《ほう》り出されていたケータイを拾い、メールを確認《かくにん》した。

メールには『Innovate《イノベート》』とタイトルだけが表示《ひょうじ》されていて、本文にはどこかのケータイウェブサイトのURLが貼《は》りつけてあった。

送信者のアドレスが表示されていない。不気味だ。新手の勧誘《かんゆう》だろうか?

最近はケータイのウィルスが出回っているとも聞く。即《そく》消したほうがいいだろう。光也は、メールを削除《さくじょ》してゲームに戻った。

数分して、また着メロが鳴り、メールが届《とど》いた。

タイトルは『Innovate』――。

送信者のアドレスはやはり表示されていない。あるのは、どこかのURLだけ。不気味だ。どこかのサイトを見たときになにかされたのだろうか？ 最近はどこで個人《こじん》情報《じょうほう》が漏洩《ろうえい》するかわかったものじゃない。

友人も迷惑《めいわく》メールに困《こま》っていると言っていた。光也は、再度《さいど》そのメールを削除した。しかし、その数分後また着メロが鳴った。

また同じメールだ。

なんだろう……？

光也は困惑《こんわく》しながらも、そのメールに興味《きょうみ》を持ち出した。

思えば、『Innovate』ってどういう意味だっけ？

『Innovate』という英単語に少し興味を引かれ、机《つくえ》の上に置いてあった電子辞書《じしょ》で意味を調べだした。

『刷新《さっしん》する』『新しいものを取り入れる』という和訳《わやく》が電子辞書の画面に表示され、次の言葉に目が留まった。

『革新《かくしん》』――。

革新……。

なぜか、その単語の意味に一瞬《いっしゅん》見入っていた。関《かか》わらなければいいだけの話なのだが、気づいたら光也はメールのURLをクリックしていた。

危《あぶ》ないと感じれば切ればいい。それでもダメなら、他の方法があるはずだ。いまの世の中、解決策《かいけつさく》がないケータイ上での出来事など、そうそうはないだろう。

しばらくして、『Innovate』と題されたタイトルのサイトが表示された。シンプルな作りで、選択《せんたく》できるところは、『登録』の項目《こうもく》だけだった。

やはり新手の詐欺《さぎ》か？

そう思って切ろうと思ったが、指はなぜか『登録』を選択していた。

変化があれば――。

と思うのは自分の悪いクセだ、と自覚はあるが人間は好奇心《こうきしん》に勝てない部分もある。こういう勇気はあるんだな、と少し自嘲《じちょう》した。

注意書きが現《あらわ》れた。こう書かれている。

『ようこそ！「Innovate」の世界へ！

このゲームはプレイヤー同士が実際《じっさい》に戦うゲームです。

とくに必要な個人情報はありません。記載《きさい》された内容《ないよう》をよくご確認のうえ、次ページへとお進みください。

最後にご登録なされますとゲームをクリアするか、または――』

光也は文を飛ばし始めた。次のページ、次のページとページごとの注意書きを飛ばして先へと進める。

なんだ、結局ケータイで遊べるなにかのゲームか。無料みたいだ。

β《ベータ》テスト版《ばん》だろうか？

光也はゲームのプレイングマニュアルはあまり読まないほうだった。実際にやって覚えるクチだ。どうせ、このゲームも一、二時間もプレイすれば内容が見えてくるだろう。

文を飛ばしていく。だが、最後の一文に目を奪《うば》われた。

『このゲームは命を落とす場合がございます。これを了承《りょうしょう》できない方は参加をご遠慮《えんりょ》ください』

死ぬ？

ドキッとしたが、冷静に考えた。

モニターのコントラストが調整できていない箇所《かしょ》があるというのだろう。光の現象でプレイヤーが癲癇《てんかん》を起こしたという事象は少し前にもあったことだ。

古臭《ふるくさ》い演出《えんしゅつ》だ。もしかして個人制作《せいさく》か、同人のゲームだろうか？　どこにもメーカーの名前は書かれていなかった。

『よろしいですか？』

○はい

○いいえ

光也は少し考えてから、

◎はい

○いいえ

と、『はい』を選んで次のページに進んだ。

『プレイヤーの名前を入力してください。ＨＮ《ハンドルネーム》でも構《かま》いません』

光也は『ダーク』と入力した。

よくテレビゲームで使う自分のプレイヤー名だ。光也の『光』の逆《ぎゃく》は『闇《やみ》』。だから『ダーク』だ。

ひねりのない名前だが、ゲームの名前にあまり凝《こ》った名前はいらないと思っていた。結局、遊びなのだから。入力して次に進む。

『プレイヤーの職業《しょくぎょう》をお選びください』

職業？

そうか、さっきの長ったらしい注意書きはゲーム内での職業についての説明だったのか？

職業は四つあった。

騎士《きし》。

戦士。

魔法使《まほうつか》い。

狩人《かりゅうど》。

ありふれた職業だな、と光也は思った。

よくあるネットRPGゲームと同じじゃないか。見知らぬプレイヤーとパーティを組んで、ゲームをクリアしていく。そういう典型的なゲームだろう。

光也は少しゲームの底が見えた失望感を抱《いだ》きつつも、学校までの通学時間を考えたら暇潰し程度《ていど》にはなるか、と騎士を選択した。

この手のゲームでは最初に無難《ぶなん》な職業を選ぶクセがあった。なれてきて、一度クリアしたら違《ちが》う職業で楽しむ。まあ、二度目をやるかどうかはまだわからないが。

他の職業とはゲーム内でパーティを組めるはずだから、心配はないだろう。

『最後に、一度ゲームスタートを選択されますと、クリアするまでゲームを止めることはできません。お客様のお覚悟《かくご》がお済《す》みでない場合はこの場でキャンセルをお選びください。すべてをご確認のうえ、ご了承の場合は、ゲームスタートを選択ください』

それが最後の注意書きだった。

つまらなかったら、ほっぽり出してやる。そう思いながら光也はスタートを選択した。

ケータイはサーバーにアクセスした後に読み込んで、『あなたに革新《かくしん》を！』と一文だけのメッセージのみを表示《ひょうじ》した。

え？　キャラのグラフィックを選ぶ作業とかはないのか？　最後の最後で操《あやつ》るキャラの姿形《すがたかたち》を選ぶ作業があると思っていたのだ。

それがない。どういうことだ？　もう一度、サイトにアクセスする。しかし、『クリアを目指してがんばってください』としか表示されず、『登録』の項目が出ない。

「んだよ、それ！」

光也は声を出して怒《いか》りをあらわにした。

ゲームのプレイ画面は？　どこでゲームをプレイするというのだ!?

光也の怒りとは裏腹《うらはら》にサイトは何の反応《はんのう》も示《しめ》さない。しばらくして、「ご飯よー」という母親の声が階段《かいだん》下から聞こえてきた。

次の日、光也は学校に向かうために少し遅《おそ》めに家を出た。

昨日、夜遅くまでインターネットで例の『Innovate』というゲームについて検索《けんさく》して調べていたからだ。眠気《ねむけ》がかなり残っていた。

懸命《けんめい》に調べはしたが、検索には引っかからなかった。一件《けん》もだ。国内だけでなく海外サイトを調べてもそんなゲーム、出てきやしない。

詐欺やウィルスの線でも探《さが》してはみたが、そのような類《たぐい》の事柄《ことがら》も一切《いっさい》出てこなかった。

なんなんだ？　ケータイのメールアドレスを知っている友人が、自分に内緒《ないしょ》でいたずらをしてきたのか？

友人に訊《き》こうとしたが、言葉に出そうとしたら胸《むね》がつかえそうになって、訊けなかった。

躊躇《ちゅうちょ》とか、そういう類のものではなかった。

不気味に思い、ケータイのアドレスを複雑《ふくざつ》に変えた。

初夏の日差しが寝不足《ねぶそく》の目にキツく射《さ》し込《こ》んでくる。腫《は》れぼったい目を細めながら高校へと歩を進めた。

駅まで十数分の道のり。自転車で行けば楽ではあるが、駅の駐輪場《ちゅうりんじょう》はいつも自転車やバイクで溢《あふ》れている。裏通りにまで駐輪は続き、場所の確保《かくほ》は戦争である。時間がかかるときもあるし。

駐輪場管理係のおじさんたちはいつも口をへの字に曲げていた。自転車に乗った学生を見るたびに不機嫌《ふきげん》そうな表情を顔に浮《う》かべる。こちらも嫌《いや》な気分になる。そんなことを毎朝続けるぐらいならば最初から身ひとつで駅に向かったほうが、効率《こうりつ》がいいと思い、自転車を使わずに徒歩にしたのだった。

いつも通っている高架《こうか》下の道を歩く。昼間でも人通りが少なく、薄暗《うすぐら》い。そこを半ばまで進んだときだった。

ふいにケータイのバイブレーターが震《ふる》えた。二回ずつ規則《きそく》的に震える設定《せってい》。

おかしかった。

電話？　メール？

どちらにしても授業中《じゅぎょうちゅう》や電車内以外の普段《ふだん》はマナーモードにはしていない。着メロが鳴るはずだ。

いや、いつの間にかマナーモードに切り替《か》えていたのだろうか？　寝不足で頭がぼーっとしているせいか、よく思い出せない。きっと、昨日いじくっているうちにそうしたのだろう。あんなメールが来たあとだから。

そう結論《けつろん》づけて、光也はズボンのポケットからケータイを取り出した。画面を見て光也は目を見開いた。手の中で震動《しんどう》し続けるケータイの画面には何も表示《ひょうじ》されていない。なにも映《うつ》らずに白く発光している液晶《えきしょう》。そして震え続ける自分のケータイ。

「……なんだよ、これ……」

薄暗い高架下で光也は言い知れない不気味さと寒気を感じた。生つばを呑《の》み込《こ》んだあと、おそるおそるボタンを押《お》した。通話状態《じょうたい》にして耳にあてる。

「……もしもし……」

直後、頭上を電車が通過《つうか》した。ケータイのスピーカーからも電車が通る音が聞こえてくる。電車が通りすぎたあと、高架下の道を歩いてくる靴音《くつおと》に気づいた。同様のコツコツと響《ひび》く靴音が電話越《ご》しにも聞こえてくる。金属《きんぞく》の音も聞こえる。

うしろを振《ふ》り向くと、チーマー風のチャラチャラした格好《かっこう》の男が近づいてきた。頭に巻《ま》いたバンダナから、だらしなく穿《は》いたズボンまで青一色だった。

無闇やたらと身につけているアクセサリー類から聞こえてくる金属の音。電話越しの音と、近づいてくる男の立てているアクセサリーの音とがステレオのように耳に入ってくる。

『よう』

直接《ちょくせつ》聞こえてくる眼前《がんぜん》の男の生の声と、電話越しの声。声の質《しつ》が完全に一致《いっち》している。

電話の相手はこの男……。

「オメェ、いま何レベルよ？　つーか、なにビビってんだっつーの」

狩《か》られる！　咄嗟《とっさ》にそう思った光也は逃《に》げようと振り返った。そこには、男の仲間らしき男二人が道をふさいでいた。通話相手の男と同じような格好をしている。多少の違いはあるが青一色の格好だ。

最近のチーマーは身につける物の色を統一《とういつ》することで仲間意識《いしき》を強めていると、光也はテレビで見たことがあった。モザイクの入った若者《わかもの》たちは、カメラに向かって威嚇《いかく》するように罵詈《ばり》雑言《ぞうごん》を吐《は》いていた。そんな連中が、いま自分を囲んでいる。

なにが目的だ？　それ以前に、なぜ自分のケータイの番号を知っていたんだ？

疑《ぎ》問《もん》に支配《しはい》されるなか、電話の相手は口を開く。

「はい。キミには二つの選択肢《せんたくし》があります。あるんだよ。いいか、一つは黙《だま》ってオレらぁについて来る。んで、もう一つがここでボコられてから連れていかれる。さあ、どっち？」

どこかの料理番組のように男は両腕《りょううで》を前に出しながら光也にそう言った。ゲラゲラと後ろから男の仲間が笑っているのが聞こえてくる。

光也は意味もわからずに、おろおろと前と後ろを交互《こうご》に見るばかりだった。この高架下は、この時間人どおりがないに等しかった。圧倒《あっとう》的な恐怖《きょうふ》。選択肢といっても、どちらも光也にしてみれば絶望《ぜつぼう》的だ。

どうすれば——。

「あー、めんどくせぇな……。どうすっかな」

男がポリポリと頭をかいた。

「ヨースケェ、ボコるべよ。変なもん出されるまえに囲って一発ボコったほうが早ぇって」

後ろの仲間の一人がダルそうに口にした。

「だな。つーことで、悪ぃけど。ちぃとシメるな?」

男は背中《せなか》から鉄パイプを取り出した。同時にケータイでなにかをいじっている。

「……パイプで殴《なぐ》る、と。ったく、めんどくせぇな」

ケータイを見ながら男はぶつぶつと口にし、こちらに向かって走り出した。同時に鉄パイプを振り上げる。

「うわぁぁぁ——ッ！」

光也は悲鳴を上げながら横に飛びのいた。すんでのところで避《よ》けた。直後、激《はげ》しい破砕《はさい》音《おん》が響いた。

地面にひざをつき、身を縮《ちぢ》めながら光也は奇妙《きみよう》なことに気づいた。巨大《きよだい》な破砕音？　そんなわけない。自分が避けたということは、鉄パイプは空を切り、地面にぶつかって金属音をたてるだけのはずだ。なぜ、巨大な音が？

光也が鉄パイプの振り下ろされたであろう方向を見ると、地面が大きくえぐれていた。アスファルトの破片《はへん》があたりに散らばり、その下の地面もクレーター状になっていた。ありえない。どんなに力が強かろうと、たかが鉄パイプだぞ？

作業ドリルで激しい音をたてて、なんとか壊《こわ》せるアスファルトが、たかがチーマーの兄《あん》ちゃんの細腕《ほそうで》とどこにでもある鉄パイプでこうも簡単《かんたん》に破壊《はかい》できるものか？

男の鉄パイプは折れるどころか、傷《きず》ひとつついていないではないか。

「ヨースケー、そいつさ、まだやりかた知んねぇんじゃねぇの？」

男の仲間の声。

「かもな。だったら、オドしたほうが早ぇか」

男は仲間のほうを向いて笑いながら言った。

やりかた？　なんの？　ケンカのか？　そんな、ろくにケンカなどしたことなどない。

いや、子供《こども》のころ近所の子と砂場《すなば》をめぐってケンカをしたが、それは子供のケンカだ。しかもケンカはてんでダメだ。そのときのケンカだって、結局負けて砂場を取られてしまったし、力の強そうな同級生にはいまでも近寄りがたい。

ストリートファイトなど生まれてこのかたしたことはない。普通《ふつう》の人間ならそんなものだろう。

「やめ……やめてくれよ……」

光也は情《なさ》けなくも男に命乞《いのちご》いをした。それを聞いて男たちは顔を見合わせたあと、ゲラゲラと笑った。

痛《いた》いのはイヤだ。やつらについていくのも当然イヤだ。見逃《みのが》してくれ。なにも悪いことなどしていないではないか。

おまえたちにオレが何か迷惑《めいわく》をかけたのか？

不条理《ふじょうり》だ！　誰《だれ》か助けてくれ！　見逃してくれ！

この場から逃《に》げたいという思いが光也の心をいっぱいにする。金で解決《かいけつ》するなら、解決したい。それですむなら安く感じる。オヤジ狩りをされる中年の気持ちはこうなのだろうか？　報道を見るたびに情けない事件《じけん》だとか思っていたが、いざ自分の身にふりかかるとこんなにも絶望的な恐怖を感じるとは……。

痛いのはイヤだ！　死にたくない！

「や、やめてくれよ……」

「ハハ。おもしれぇツラしてんな？　おもしれぇ、もっとビビらせっか」

情けない顔で懇願《こんがん》する光也の顔に笑いながら、男は鉄パイプを再度《さいど》振り上げた。

やめてくれ！

光也は頭を手で抱《かか》え、身を縮《ちぢ》めた。「ヒィッ」と、絞《しぼ》り出すような悲鳴だった。

男が鉄パイプを振り下ろす直前、彼のケータイが鳴動した。男は腕を止めて、ケータイの画面も確認《かくにん》せずにボタンを押《お》した。

「ったく、誰だよ」

毒づきながら、ケータイを耳に当てた。

『不注意ね』

謎《なぞ》の女の声がケータイのスピーカーから聞こえたあと、男の全身が燃《も》え上がった。一瞬《いっしゅん》のことだった。

「うがぁぁアァッ！」

炎《ほのお》に包まれた男は悲鳴をあげながら、路上をのたうちまわった。

うずくまっている光也が人の気配を感じ、そちらを向くと制服姿《せいふくすがた》の女子高生がケータイを手にし、もう片方《かたほう》の手は男のほうに向けていた。

女子高生がケータイの画面を見ずにボタンを数回押すと同時に、男を覆《おお》っていた炎が突《とつ》然《ぜん》消えた。

男は激《はげ》しく息をつきながら、路上に横たわったままだ。

「ま、魔女《まじょ》……」

激しく焦《こ》げた衣類、さらに顔や手にも軽い火傷《やけど》を負った男。男は消え入りそうな声で女子高生をそう呼んだ。

男の仲間二人もその女子高生の出現にひどく驚《おどろ》いていた。

「こんな初心者以下の人までターゲットにしているのかしら、あなたたち？」

威圧《いあつ》するように女子高生はこちらへと向かってくる。後ずさりをする男たち。横たわった男も地面を這《は》いずるように女子高生から離《はな》れようとする。

「別に、あなたたちみたいな頭も腕も低レベルの人たちと戦おうなんて思っていないわ。さっさと、その人をかついで立ち去りなさい」

女子高生の言うとおりに、火に焼かれ横たわった男に仲間たちが肩《かた》を貸《か》して、三人はその場を逃げるように去っていった。

男たちが見えなくなると女子高生はため息をついて、ケータイのボタンを一度押してから鞄《かばん》にしまった。

女子高生は光也のほうを向いた。

キレイな顔立ちの娘《むすめ》だと光也は思った。くせの一切《いっさい》ない、流れるような黒い長髪《ちょうはつ》に、すらりとした細い体つき。茶色のブレザーの制服は確《たし》か有名な女子高のだ。ブレザーの胸《むね》の部分に凝《こ》った作りの校章があった。

一見、お嬢様《じょうさま》風な印象と容貌《ようぼう》を持つが、相反するような強い眼差《まなざ》しをしていた。意志《いし》のかよった強い瞳《ひとみ》だ。その辺にいる女子高生にはない鋭《するど》さを感じる。

気の弱い人間が見れば、萎縮《いしゆく》してしまう目だ。実際、いまの光也は助けられたにもかかわらず、眼前《がんぜん》の女子高生を少し恐《こわ》いと感じていた。

「立てる?」

女子高生の言葉に光也はこくりとうなずいた。

ゆっくりとその場に立ち上がる。立ち上がってわかった。この子は背も高いのだと。

光也は百七十二、三ある。女子高生はその光也と同じか、もしくは少し高いぐらいだった。すらりとした長身とその佇《たたず》まいから、まるでモデルのようだと光也は思った。

彼女は光也の落としたケータイを拾って、ボタンをひとつ押してから光也に手渡《てわた》した。

「大事にしなさい。これは大切なものなんだから」

「あ、ありがとう……」

「その様子からすると、まだ戦いなれていないみたいね。でも、これに参加しているってことはそれなりの覚悟《かくご》を持ってやっているんでしょうから、もう少しはましな動きをしなさい。男の子でしょ？」

女子高生は微笑《ほほえ》みながら言うと髪《かみ》をなびかせて、その場をあとにして歩き出した。光也はただ、彼女の姿が見えなくなるまで後ろ姿を見つめていた。

通話相手のいなくなった手の中のケータイが『ツーツー』と鳴っていた。

2

四日後の休日。白のシャツとジーパン姿の光也はデパート内の書店にいた。

『クリア後の隠《かく》し要素！　隠れダンジョン攻略《こうりゃく》！』

興味《きょうみ》もなく光也は見ていたゲームの攻略本を棚《たな》に戻《もど》してため息をついた。休日の過《す》ごし方がヘタだなと光也は我《われ》ながら思っていた。朝から出かけているわりにはデパート内のゲームショップ、書店、ゲーセン、たまに服屋とぶらぶらしている。

趣味《しゅみ》が狭《せま》く、広げようという意思もない。典型的なオタクの傾向《けいこう》だった。

ケータイを取り出し、時間を確認《かくにん》した。もう昼過ぎだ。

腹《はら》が鳴った。そういえば、まだ昼食を口にしていない。

しかし、どうも一人で外食するというのは気が進まない。とくにレストランや料理店の

中に一人で入るのはイヤだった。話し相手もいないのに黙々《もくもく》と料理を食べるのは寂《さび》しいし、なんとなく一人では恥《は》ずかしい気がした。

色々考えて、ハンバーガーショップで手軽にテイクアウトすることにする。

ハンバーガーの入った袋《ふくろ》をぶら下げつつ、適当《てきとう》に座《すわ》るところを探《さが》す。休日だけに、デパート内のいたるところにあるイスやテーブルはカップルや家族連れが占領《せんりょう》していたので、光也は人気のない場所を求めて右往左往《うおうさおう》していた。

一人なら、目立たないところで食べたい。

光也は人嫌《ひとぎら》いではなかったが、一人で買い物などに出かけるときは決まって控《ひか》えめな行動をしていた。一人でいるときの他人の存在《そんざい》ほど恐《こわ》くて気になるものはない。

光也はいったんデパートの外に出た。普段《ふだん》、人があまり通らない駐車場《ちゅうしゃじょう》の隅《すみ》っこで食べようと思ったのだ。確か、そこに日当たりも悪く、人気もないベンチがあったはずだ。いつも誰もいないベンチ。

道の角をまがればすぐ駐車場という場所まで着いたときだった。

大きな破壊音《はかいおん》のようなものが聞こえてきた。ベンチのあるあたりからだ。ドキッとしながらも、光也は角からチラリとそちらをのぞき見た。

「まだやんのか？」

随分《ずいぶん》と体格《たいかく》のいい男が低く喋《しゃべ》る。髪を短く刈《か》り上げている。いかにもスポーツマンという体躯《たいく》だった。首まわりと二の腕《うで》の太さと胸板《むないた》の厚《あつ》さが見事だった。

男は見た感じ、二十代前半だ。

男と向かい合うようにチーマー風の格好をした若者《わかもの》が警棒《けいぼう》を片手にかまえていた。光也はその若者の服装《ふくそう》を見て、驚いた。以前、光也を襲《おそ》った男たちと同じように青一色の服装だったからだ。上も下も青。

男の後ろには壊《こわ》れたベンチに突《つ》っ込《こ》んで倒《たお》れている若者が一人。同じように服は青い。さっきの音は、あの若者をベンチのほうにふっ飛ばしてベンチを壊した音だろうか？

ケンカか？　一瞬《いっしゅん》そう思ったときだった。ブルブルとケータイが震《ふる》えだした。

（ヤバイ！）

こんなときになんてこった！

光也は急いでケータイを取り出すが、画面を見て凍《こお》りついた。また何も表示《ひょうじ》されていなかった。ただ震動《しんどう》を繰《く》り返すだけ。あのときと同じだった。

またこんなのに付き合うのゴメンだ！

「ん？」

体格のいい男は何かに気づいたようにジーパンのポケットに手を突っ込んだ。

ケータイだ。ケータイを取り出し、画面を見ている。見れば、チーマー風の青服の若者もケータイを取り出して画面を見ていた。

「ほう。まだ仲間がいんのか？」

不敵《ふてき》な笑《え》みで言う男。

「……んなわけねぇ。ここらの見回り、今日はオレらだけだったはず……」

片眉《かたまゆ》を上げて困惑《こんわく》顔のチーマー風の若者。男は何かの確認を取るようにボタンを押す。

――が、男のケータイは何も反応《はんのう》しなかった。

「レベルの低いやつが近くにいんのか？」

男が画面を見ていたときだった。倒れていた若者がよろよろと立ち上がり、警棒を片手に男の背中《せなか》に忍《しの》び寄《よ》る。男は気づいていない。

やられる！

「うしろ！」

とっさに光也は叫《さけ》んでいた。

男と一瞬目が合った。が、男は振《ふ》り向きざまに、体を素早《すばや》く回転させ、その勢《いきお》いで後ろから狙《ねら》っていた若者の頭部側面に上段回し蹴《げ》りを決めた。一発で意識《いしき》の遠のいた若者は横に吹《ふ》っ飛ばされ、路面を何度も転がったあと、地面に突っ伏《ぷ》した。

「ヤローッ!」

その間にもう一人の青服の若者が、男ではなく光也のほうに向かって走り出してきた。

警棒を振り上げて、こちらを鋭《するど》く睨《にら》む。あのときの、四日前の朝の出来事がフラッシュバックした。恐怖《きょうふ》が光也を支配《しはい》する。頭を腕で守ろうとしたときだった。若者の腹部《ふくぶ》を太い両腕が抱《だ》き締《し》めていた。そして、そのまま男は反り返るように後方へと頭から勢いよく倒れていく。脳天《のうてん》から急落下の衝撃《しょうげき》を受ける青服の若者。

それはテレビのプロレス番組で見たことのある技《わざ》だった。

バックドロップ——、それが若者に決まったのだ。技を決め反り返っている男は、若者を放すと体勢を直した。

若者は完全にのびていた。下はアスファルトだ。脳天から投げられれば、当然必殺の一撃だろう。

生きているのか? 少し心配になる。殺人事件《じけん》の現場《げんば》に立ち会うなんてのはまっぴらだった。

「あー、あいつなら大丈夫《だいじょうぶ》だろ。いちおう、手加減《てかげん》したしな。たぶん生きてる」

青服の若者に心配そうに目を向けていた光也に男は笑いながら言った。

「で、今度はオレと勝負か? ケータイ震《ふる》えているもんな。レベルいくつだい?」

男はフレンドリーに理解《りかい》しがたいことを口にする。困惑した表情を浮《う》かべる光也に、はっと気づいた。

「キミ、ゲームの説明を見なかった口か？」

「へ？」

男の質問《しつもん》を光也は疑問《ぎもん》で返した。だが、男はそれで何かを理解したようだ。得心したといった様子で、

「そうか、だから襲われそうになっても行動に移《うつ》らなかったわけだ。たまにいるんだよな。んー、ここじゃなんだ。とりあえず、どっかで話そう」

ひとりで男は仕切りだした。意味のわからない光也は、さらに困《こま》り顔を男に向けた。

「ゲームについてさ。登録しちまったんだろ？『Innovate』にさ」

男の口から出た言葉に光也は、ようやく特異《とくい》な状況《じょうきょう》の理解者と出会ったのだと認識《にんしき》した。

『現実《げんじつ》の世界でプレイヤー同士が戦うゲーム』——。

近くの人気のない公園で、そう説明された。

古びたベンチに光也と少し間隔《かんかく》を空けて座《すわ》る体格《たいかく》のいい男。男は堂島慎太郎《どうじましんたろう》と名乗った。

堂島は光也に『Innovate』というゲームのことを語った。それは、まるで夢物語《ゆめものがたり》のようなことだ。

クリアすれば、どんな願い事でも叶《かな》えられるゲーム――。

自分の生命線となったケータイを入力端末《たんまつ》にして、まるで魔法《まほう》や超能力《ちょうのうりょく》のような不可思議な現象を操《あやつ》って現実世界でプレイヤー同士が戦うのだという。

プレイヤー同士で戦うことで、経験値《けいけんち》を上げ、力を上げていく。

そして、レベルが百になると、『ラスボス』と戦えるイベントが始まるという。そこで『ラスボス』を倒《たお》せば、はれてクリアとなる。

途中《とちゆう》で降《お》りることはできない。クリアするまでは、絶対《ぜったい》に降りることはできない。

簡単《かんたん》に説明すると、『Innovate』はそういうゲームなのだという。

光也が渡《わた》したハンバーガーのひとつを頬張《ほおば》りながら、堂島は淡々《たんたん》と話した。傍《はた》から見れば、戯言《ざれごと》を語る異常者《いじようしや》の兄ちゃんだなと光也は思った。

「冗談《じようだん》、じゃないんですか……？」

ハンバーガーを黙々《もくもく》と食べ終えた堂島に光也は訊《き》く。堂島はハンバーガーの袋を丸めると、近くのクズ入れに放《ほう》り投げた。ヒザをバンとたたくと、立ち上がった。

「論《ろん》より証拠《しようこ》だな。ケータイ出してくれ」

光也はケータイを取り出した。それを確認《かくにん》すると堂島は自分のケータイを取り出し、電源《でんげん》を入れた。

同時に光也のケータイが震《ふる》えだした。それに応《おう》じるように堂島のケータイも震えだした。

堂島は少しケータイを操作《そうさ》したあと口を開く。

「ボタンを押して応じてくれ」

堂島の言うように光也はケータイのボタンを押《お》し、通話状態《じょうたい》にした。

「神崎くんは、確《たし》か選択《せんたく》した職業《しょくぎょう》は『騎士《きし》』だったよな？」

「え、はい」

「そっか、――さて」

堂島はキョロキョロと辺りを見渡し、木々の生えている場所へ向かった。何かを拾うと再《ふた》びこちらに戻ってきた。

手には木刀ほどの長さの木の枝《えだ》が握《にぎ》られている。長いが細かった。どこかに振ってぶつければ、簡単に折れそうなほどだ。いや、風の強い日は風圧だけで折れるかもしれない。

「な、なにを……？」

警戒《けいかい》するように光也は訊く。堂島は光也の反応に半笑いを浮かべながら、木の枝を光也のほうに放り投げた。うまくキャッチできずに地面に落ちてしまう。

「まあ、とりあえず拾ってくれ。悪いようにはしないからさ」

笑顔《えがお》で言われてしまい、光也は困惑《こんわく》しながら木の枝を拾った。

「じゃあ、つぎにケータイをメールのモードにしてくれ」

光也は言うとおりにメール状態にした。

「あの、宛先《あてさき》は……？」

「いや、本文のほうしか使わない。そうだな、『木の棒《ぼう》を振る』とでも打ってくれ」

光也は言われたように本文にそう記入する。

「……打ちました」

「よし。じゃあ、んー」

堂島は再びキョロキョロと公園内を見渡すと、また何かを見つけたのか、見つけたもののほうに向かっていった。

持ってきたのはスチールの空き缶《かん》だった。アルミと違《ちが》って、スチール製。握力《あくりょく》を鍛《きた》えていない人間では握りつぶせない硬《かた》さのスチール缶を堂島は光也の目の前の地面に置いた。

「棒でその缶をたたいてみな。力の加減《かげん》はまかせるが、あまり思いっきりはなしだ」

光也は困惑しながらも枝を振りかざし、そのまま一気に振り下ろした。

(こんな細い枝切れでたたいたら、枝のほうが――)

光也の思いとは裏腹《うらはら》に、細い枝切れによってスチール缶は、なんなく潰《つぶ》れ、枝切れの勢《いきお》いは止まらずに地面すらも大きくえぐった。

「……ッ！」

いま起きた現象に光也は言葉を失い、手に持つ細い枝とスチール缶を交互《こうご》に見た。

堂島は上から潰されたスチール缶を拾った。そのまま上へと投げ、同時にケータイを見ずに打ちはじめた。上へ投げた缶が目前まで落ちてくると、それを横殴《よこなぐ》りに裏拳《うらけん》で打った。

打たれた缶は凄《すさ》まじいスピードで一本の公園の木へと飛んでいった。缶は木にぶつかった瞬間《しゅんかん》、大きな音と衝撃《しょうげき》を与《あた》えた。木の葉が地面へと大量に舞《ま》い落ちた。

「こういうことさ。オレらは、とんでもない力を得た。同時に――」

堂島は真剣《しんけん》な眼差《まなざ》しで光也を見た。それは、つい四日前に見た瞳《ひとみ》と似《に》ていた。

――あの女子高生の目と似ている。

強く鋭い目だった。

「降りられないゲームに参加しちまったってことさ」

『このゲームは命を落とす場合がございます。これを了承《りょうしょう》できない方は参加をご遠慮《えんりょ》ください』

その一文は、登録するときに光也も目にした文だった。

堂島の住むアパートの一室に光也はいた。堂島の部屋は、1DK。室内には、テレビなど、家電や日用品が一通り揃《そろ》い、そのほかに鉄アレイなどの体を鍛える道具が置かれていた。

小さなテーブルの上には格闘技《かくとうぎ》の雑誌《ざっし》が置かれ、部屋には有名な格闘家のポスターがいくつも貼《は》られている。女っけは一切《いっさい》ないが、こざっぱりした感じの部屋だった。その部屋で、光也はコンピュータテキストのプリント用紙に目を通していた。

登録するさいに表示された『Innovate』の説明を複写《ふくしゃ》した、いわば『Innovate』のプレイングマニュアルだった。光也が読み飛ばした部分などが一字一句間違《く》いなく記載《きさい》されている。

ルール、操作《そうさ》方法を見ていくたびに背中を冷たいものが駆《か》け抜《ぬ》け、自分の置かれている立場が、とてつもなく現実離《ばな》れし、かつ危《あや》ういものだと光也は理解していった。

ふいにまたあの一文に目を戻す。

『このゲームは命を落とす場合がございます。これを了承できない方は参加をご遠慮ください』

叫《さけ》びたい気分だった。なにかに思いをぶつけたい気分だった。

理不尽《りふじん》なものが急に襲《おそ》いかかり、知らないうちに自分を不可思議な場所へと連れてきていた。唐突《とうとつ》に、いままでの出来事が理解できる。あのメールの届《とど》いた次の日、突然襲《とつぜんおそ》ってきた男たち。今日、堂島と相対していたチーマーたち。

男を燃《も》やした炎《ほのお》は女子高生が力を行使したからだ。プレイングマニュアルには、こう書かれている。

『・魔法使《まほうつか》い　メール本文に「火」、「水」、「風」などの言葉を用いて記入することで、それらの現象を具現化して、相手に放つことができる』

魔法使い――。

あの女子高生は、ゲームの中における魔法使いだったのだ。

おかしくて、笑いたくなる。おかしくなりそうだからこそ、笑いたくなる。

ここはどこだ？　現実だ。二十一世紀だ。日本だ。なのに、なぜそんなゲームみたいなことが現実で可能《かのう》なのだ!?

（そうか、ゲームなのか……）

光也は、ないまぜになった感情《かんじょう》を整理できず、顔を覆《おお》った。バカらしい。けど、そのバカらしいことが自分に起こっている。

「まあ、お茶にしようや」

キッチンでお茶を沸《わ》かしていた堂島が二人分のティーカップを持ってきてくれた。

カップを置くと、テーブルを挟《はさ》んで光也の対面に腰《こし》を下ろした。インスタントの紅茶《こうちゃ》の匂《にお》いがしてくる。

「納得《なっとく》できないか？」

堂島の言葉だ。光也は堂島のほうを見ず、下を向いたまま口を開いた。

「納得するほうがおかしいですよ」

「だな」

「……平気なんですか？」

「ん？」

「堂島さんは、こんなわけのわからないゲームに参加して、平気なんですか？」

堂島は紅茶を一口すると返した。

「平気だと思うなら、君をここに連れてきてはいないさ」

その優《やさ》しい一言に光也は堂島のほうを向いた。自分でも目に涙が溜《なみだた》まっているのがわかった。いつの間にか、誰《だれ》かに助けてもらいたくて涙していたのだ、と。

「ケータイを戦闘《せんとう》中に壊《こわ》されたら、プレイヤーは死ぬ。これは絶対だ」

堂島の言葉に光也はテーブルに置いたケータイに目をやり、細めた。堂島のケータイは充電中《じゅうでん》で、電源《でんげん》も切っていないが、互《たが》いのケータイは震《ふる》えなかった。堂島が光也のケータイを少しイジったのだ。どうやら、光也のケータイは無差別に反応《はんのう》し、相手を呼ぶような設定《せってい》になっていたらしい。

堂島は続けた。

「危険《きけん》だらけのゲームなのは、確《たし》かだ。だけど、人の生き死にはオレが噂《うわさ》で聞くだけでも半年に数件《けん》だけだ。ほとんどのプレイヤーは健全《けんぜん》に——」

「ふざけるなッ！　こんな電話機ひとつ壊れただけで死ぬなんて、どこが健全なんですかッ⁉　魔法⁉　騎士《きし》⁉　知らないよ、そんなもの！」

光也は怒声《どせい》を張《は》り上げながら、自分のケータイを堂島のベッドのほうに投げ捨《す》てた。

「あんなメール、誰だってただのイタズラメールだって思うじゃないか……」

涙をボロボロと流しながら、光也は吐《は》き捨てるように言った。

「……まだ、よくわかってはいないけどな。メールを受信しちまったやつらにはなにかしらの共通項《こう》というか、ある素養《そよう》があるみたいだ。でな、オレの友人は死んだ。このゲームでだ」

堂島の突然の告白を聞いた光也は振《ふ》り向いた。堂島は一口、紅茶をすすり、話を続けた。

「オレとダチはこのゲームに参加していた。一緒《いっしょ》にパーティを組んで戦っていた。けど、一年前のある日──」

プレイヤーキラー──無差別にプレイヤー殺しをおこなう過激派《かげきは》に一年前にいきなり襲われ、堂島は重傷《じゅうしょう》を負い、堂島の友人は殺された。

「確かにキミの言うように異常《いじょう》な世界だ。信じられるか？　このゲームに参加してるやつらは千人を超《こ》えてるんだぜ？　みんな、クリア目指してやりあってる。レベル百になって、ラスボスを倒《たお》せばクリアだ。願いがかなう。きっと、いまもどこかで闘《たたか》ってんだろうよ」

堂島は苦虫を嚙《か》みつぶしたような表情を浮《う》かべながら、そう言った。

「……いったい。いったい、どうしてみんな闘えるんですか？」

光也の質問《しつもん》に堂島は、一拍《いっぱく》空けてから口を開いた。

「──クリア報酬《ほうしゅう》さ」

「クリア報酬？」

「さっきも言ったが、『どんな願いでも叶う』──まことしやかにそう言われている」

「言われているって……、じゃあ──」

「いや、クリアできたやつがいないわけじゃない。クリアしたプレイヤーの告知みたいなのがメールで全プレイヤーに届《とど》くんだ。それでクリアしたやつの存在《そんざい》はわかる。──ただ、クリアしたやつのその後の姿《すがた》を見たやつはいないがな……。それでも、目的を持って闘っているやつがいる。なかには殺しをしてまで成し遂《と》げようとしているやつもいる。誰だって魅力《みりょく》に感じちまうさ。どんな願いも叶うってんだからな」

「だからって、こんな危険な――」

「パーティを組もう」

いまだ晴れない思いを話そうとした光也を堂島はそう言って止めた。彼の言葉を理解できずにきょとんとしている光也に堂島は続けた。

「キミの言うとおり、死という危険がつきもののゲームだ。だけど、キミがどんなにオレにぶつかろうとキミがこのゲームを途中《とちゅう》で降《お》りることはできない。――なら、オレとパーティを組もう。少なくとも、オレはキミよりも生きるすべを、理不尽《りふじん》なものと闘える力を持っている」

力強い言葉だった。堂島の目が、あの強い目になっていた。ふいにあの女子高生を思い出した。

――あの子も、なにかを得ようとしているのかな？

まだ、このゲームで出会ったプレイヤーの数は限《かぎ》られていたが、わかったことがあった。

プレイヤーは数種類いる。

暴力的《ぼうりょく》な輩《やから》。その目は、ゲームにハマって、とりつかれてしまった者の目だ。

そして、強い目をした人――なにかを成し遂げようと、ゲームに参加した者。頼《たの》もしいと同時に怖《こわ》い目だと光也は思う。それが、自分にはないものだから。

「――どうして、オレにそこまでしてくれるんです？」

きっと、堂島の厚意《こうい》は本物だ。けれど、つい訊《き》いてしまった自分がいた。

「キミだって、駐車場《ちゅうしゃじょう》でゲームのこともわからずに見ず知らずのオレを助けてくれたじゃないか。それと同じだ。偶然《ぐうぜん》の出会いなんだろうけど、いいじゃないか。なんか、ゲームの設定《せってい》みたいでさ」

ニカッと堂島は無邪気《むじゃき》な笑顔《えがお》を見せた。偽《いつわ》りのない笑顔だとわかった。

――きっと、オレは最低な男なんだろう。

異常なゲームの説明を受けたせいか、ゲームのプレイヤーでもある堂島を異質な人間としてしか見られなかった。厚意を向けてくれる異質な人間。

――そして、オレは厚意を受ける異質な少年か。

光也は、そう思いながら、堂島の厚意にその場ではうなずくしかなかった。

「では、機種変更《へんこう》ではなく、新規《しんき》に契約《けいやく》なさるということでよろしいですね？」

「はい」

光也は目の前に座《すわ》る店員の確認《かくにん》にうなずきながら、応《おう》じた。

堂島と出会った次の日、光也はケータイショップに赴《おもむ》いていた。

堂島という信頼《しんらい》できそうな人物と出会ったが、正直言って光也には『Innovate』という理解不能のゲームを受け入れることができなかった。

生と死のやり取りという状況《じょうきょう》から逃《に》げ出したかった。

そのため、堂島からゲームの説明を受けてから、日も空けずにケータイショップに向かった。

目的はひとつだ。いま現在契約しているケータイを変更し、自室にしまい込むのだ。そして、新しいケータイを手にする。

機種はもちろん、番号からメールのアドレスまで、すべてを捨てる。『Innovate』というゲームに登録されている自分のケータイ情報を使えなくする。

ケータイのすべてが新しくなり、これで解放された——そう、あの狂《くる》ったゲームから一《いっ》刻《こく》も早く逃げ出すのだ。光也は、ほっと一息をついた。

数時間後。まだ、誰にも新しいメールアドレスを教えていない彼の新しいケータイにメールが一通届《とど》いた。

「新しい携帯電話《けいたい》での、ダーク様のプレイを楽しみにしております」

内容《ないよう》は一文だけ。送信者のアドレスが記されていないメール。件名に「Innovate から
ダーク様へ」と記されていた。

それを見て、光也は心まで凍《こお》りつくほどに恐怖《きょうふ》を感じた。

このゲームは、異常だ。こちらが逃げようとしても追いかけてきた。

ケータイを持つことでゲームに参加してしまうことを怖《おそ》れて、光也はケータイを持ち歩
かずに家に置くようにした。

だが、気づいたときにはポケットの中、またはカバンの中にケータイが入っていた。

確かに家に置いた。机《つくえ》の引き出しの奥《おく》に封印《ふういん》するようにしまったのだ。

しかし、ケータイはいくら彼が手元から離《はな》しても気づいたときには手元にある。

まるで誰かが忍《しの》ばせたかのように。

極度の怖れから、何度かケータイを壊《こわ》そうとしたが、「ケータイを壊したら、プレイヤ
ーは死ぬ」という堂島の言葉を思い出して踏《ふ》み止《とど》まり、隣町《となりまち》まで赴いてゴミ収集場所に捨
てた。

それも無駄《むだ》だった。家に帰り、部屋にたどり着いたときには自分の机の上に置かれてい

たのだ。

ケータイが独《ひと》りでに戻《もど》ってきたのか？

またメールが届いていた。内容は――。

「ご自分の携帯電話は大切になさってください」

送信者は不明。件名にのみ、「Innovateからダーク様へ」――。

誰がこんな仕業《しわざ》を？　ゲームのスタッフなのか？

考えてもわからない。おそらく、ゲームの関係者がやっているのだろう。現実として受け入れ難《がた》い異常《いじょう》な現象が光也の周りで起こっているのは確かだ。

眠《ねむ》れない日が続いた。

――降りられないゲームに参加しちまったたってことさ。

光也は堂島の言葉を思い出しながら、異質《いしつ》なモノを見つめる眼差《まなざ》しを自分のケータイに向けていた。

3

『どんな映画《えいが》でもひとつはいいところが必ずある』

確か、亡《な》くなった有名な映画評論家《ひょうろんか》が語った言葉だと光也は思い出していた。

クソゲーにもいいところはあるのだろうか？

光也は買ったものの自分の毛色に合わなかったゲームは、高く買い取ってくれるうちに中古ショップに売るということをよくしていた。

店に売れないクソゲーをやるなんて、これは苦痛《くつう》以外のなにものでもないんじゃないか？　光也はそう自問した。

光也は、いま地下駐車場《ちかちゅうしゃじょう》にいた。そこは車を百台ほども停《と》められる規模《きぼ》だ。とある巨大《きょだい》オフィスビルの地下である。

車はいくらか停められている。そして、駐車場の中央には人垣《ひとがき》ができていた。

バトル会場——。堂島にはそう説明された。なんでも、あるプレイヤーの一人がこのビルのオーナーであり、この場所を深夜にのみ提供《ていきょう》しているのだという。

「ここに夜来い」というメッセージと、地図の書かれたメモを読みながら、光也は家をこっそり抜《ぬ》け出しここまで来た。ゲームにおびえ恐《おそ》る恐る来たのだが、入り口には感じのいい門番らしき人が立っていて、丁寧《ていねい》にいろいろと説明してくれた。地下に降りてさらに驚《おどろ》いた。

最初に光也の目に飛び込んできたのは、会場全体を照らす地下駐車場とは思えないぐらいの明かりだった。

地下のいたるところにプレイヤーたちがいて、さながらネットゲーの待ち合わせの町、また は酒場のような賑《にぎ》わいだった。明るい笑い声があちらこちらから聞こえる。まわりを見れば、パーティ内の仲間と談笑《だんしょう》したり、座って食事をしている者もいた。

殺伐《さつばつ》とし、殺気めいたものは微塵《みじん》も感じられないところだった。あまりに想像《そうぞう》とはかけ離れた雰囲気《ふんいき》に光也は「場所を間違《まちが》えたのでは？」と真剣《しんけん》に考えた。

死ぬゲームだろ？　危険《きけん》なんだろ？　だって、ケータイが壊《こわ》されたら死――

「ねぇ、キミ」

急にうしろから声をかけられた。ビックリして振《ふ》り返ると、感じの良さそうな男女が微笑《ほほえ》んでいた。光也よりも二つ三つ年上に見える。

「ここ、初めて？」

「は、はい……」

光也は緊張《きんちょう》しながら警戒心《けいかいしん》バリバリで答えた。相手もこちらが警戒していると気づいたようだ。

「あっ、別に取って食おうなんて思っていないよ。安心して」

苦笑いしながら、男は言った。

「す、すみません」

光也はあわあわしながら、ペコリと頭を下げて謝《あやま》った。

「えっと、キミ、職業《しょくぎょう》は?」

「き、騎士《きし》です……」

「騎士か。オレと同じだ。レベルは?」

「まだ、全然初めてで……」

「じゃあ、今日がデビュー戦ってわけだ。どうだい? オレたちとパーティを組まないか? ちょうど、一人抜けちゃってさ。困《こま》ってたんだ。オレの名前はビートっていうんだけど」

「オレは、かん」

そこまで言って、光也は止めた。そうか、登録したときの名前だ。本名を名乗るべきではない。

「ダークです」

「へぇ、渋《しぶ》い名前だね」

言われて、少し照れた。ゲームでの名前になにか言われたのは初めてで、こそばゆい気持ちだった。

「じゃあ、ダークくん。オレたちと——」

「待った待った」

　と、横から聞き覚えのある声がした。堂島だった。タンクトップに迷彩《めいさい》ズボンという格《かっ》好《こう》だった。

　それと、堂島の少し後ろに見知らぬ女の子が一人。小柄《こがら》で線が細く、黒髪《くろかみ》のセミロング、黒いシャツ、黒いスカート、黒いオーバーニーソックスと、黒ずくめの少女だ。

「よう、ビート」

「やあ、レッシン」

　どうも堂島とビートは知り合いのようだ。

（レッシン？　そうか、堂島さんのゲーム内での名前だ）

「悪ぃな。彼、オレがさきに予約済《ず》みなんだわ」

「そっか。レッシンがパーティを組むなら安心だ。どうにも心配でね。初心者特有の危《あや》うさが前面に出ていたから。最近は、徒党《ととう》を組んで悪巧《わるだく》みしている輩《やから》が多いからね」

「『青き円卓《えんたく》の騎士』とか名乗ってるやつらか？　最近、オレも襲《おそ》われた」

「だからこそ、初心者や自信のない人たちに、最低でも無事に逃《に》げられるだけの力をつけてもらいたくてね」

　と、光也に向けてニコリと笑うビート。

「なんだ？　もしかして、また弟子《でし》でも取ろうとしていたのか？　まったく、お人好しも過《す》ぎると後ろからやられるぞ？」

悪ガキのような笑みを浮《う》かべながら堂島は言った。

「まいったな。でも、レッシンこそ、なんだかんだ言ってオレのこと言えないと思うけど？」

ビートはレッシンこと堂島とそれから少し談笑《だんしょう》したあと、

「じゃあ、ダークくん。なんか、困ったことがあったらいつでも相談してくれていいから」

そう言い残し、ビートのパーティは去っていった。

「――と、パーティ全員そろったわけだ」

堂島は光也ともう一人――少女を交互《こうご》に見てそう言った。光也はちらりと少女を見た。

セミロングの黒髪の女の子。

小柄なせいか、歳《とし》は自分より少し下くらいに見える。眠《ねむ》たそうな目をし、顔も小さい。黒一色の格好が、どことなく近寄りがたさを漂《ただよ》わせている。が、「正直、かわいいな」と、光也は思った。少女と目が合った。少女は礼儀《れいぎ》正しくペコリと頭を下げた。光也も頭を下げた。

「こいつは、京本紅葉《きょうもともみじ》。ゲームでは、まぎらわしいが『カエデ』。まあ、同じパーティになるんだし、紅葉って呼《よ》んでやってくれ。いいよな？」

堂島の言葉に紅葉という少女はうなずいた。そのあと、堂島は紅葉に光也のことを紹介《しょうかい》してくれた。

リーダーである堂島はケータイを出し、『Innovate』のホストサーバーのメールアドレスに——アドレスがあったことを光也はこのとき知った——光也がパーティに入ったことの旨《むね》を書いたメールを送信した。少しして、メールを三人が受信する。送信主のアドレスは書かれてはいないが、『了解《りょうかい》。プレイヤー・ダークはレッシン、カエデのパーティにパーティイン』とだけ書かれていた。

「よし。これで、神崎くんはオレたちのパーティだ」

と、笑顔で言ってくる堂島。光也は遠慮《えんりょ》がちに言った。

「いいんですか？　本当に？」

光也は堂島と紅葉を交互に見つめる。堂島はともかく、いまさっき会ったばかりの紅葉がこれでいいのか、光也は疑問《ぎもん》に感じていた。

堂島と紅葉は顔を見合わせた。そのあと、二人とも光也のほうを向いた。

「ああ、歓迎《かんげい》するよ。神崎くん」

笑顔で言う堂島に、紅葉も短く無言でうなずいた。

驚《おどろ》きの連続だった。

目の前で人の手から炎《ほのお》が出現《しゅつげん》し飛ぶ。その炎は相手が手にしている木の棒《ぼう》で横薙《よこな》ぎにかき消される。駐車場《ちゅうしゃじょう》の路面が拳《こぶし》の一撃《げき》で割《わ》れた。その割れた場所がバトル後、会場を仕切るスタッフメンバーの魔法使《まほうつか》いによって瞬時《しゅんじ》に修復《しゅうふく》されて元に戻《もど》る。まさにゲームのような現実だ。

光也は人垣《ひとがき》のなかにいた。そこでギャラリーとして、人垣の中心で戦っている人たちを観戦していた。

人垣の中心にあるバトルフィールドは、白いペンキで周りを長方形に囲われており、学校の体育館にあるバスケットコートの半分ぐらいの広さがあった。

そこで、一対一の超常現象バトルが繰《く》り広げられていた。日がわりで、パーティ同士の戦いもおこなわれるそうだ。

攻撃《こうげき》が、見ているギャラリーに当たるのではないかと最初は心配したが、どうやら何者かの手によって四方には見えない壁《かべ》のようなものが展開《てんかい》されているようで、飛んできた炎の魔法などはその見えない壁にぶつかって消え去った。堂島は「結界と思えばいいんじゃないかな」と言った。

多くのプレイヤーは、独自《どくじ》の法やルールを作り、平和的に、健全《けんぜん》にプレイしている、と堂島は言う。光也を路上で襲ったのは一部の過激なプレイヤーなのだとも。

でなければ、死ぬ可能性《かのうせい》のあるゲームなどをまともにプレイできるはずもない。『誰だって相手を殺したくない』のだ。

バトル前には対戦相手と握手《あくしゅ》をし、バトル後には共に談笑をする。だが、堂島は言った。心の奥《おく》では、みんな怖《こわ》くて仕方ないのだ。笑顔の人間はいっぱいいる。でも、それは『ゲーム』内での顔にすぎないのだ。本当は、早く抜け出したくて、逃げ出したくて、必死なのである。

笑顔の裏《うら》は、きっと自分と一緒《いっしょ》なんだ——光也はそう思った。

「さて、そろそろ光也くんの番だな」

肩《かた》にポンと堂島の手が置かれた。

「え、オレですか……？」

光也は心底驚愕《きょうがく》した。いきなり今日から戦うとは思っていなかったのだ。てっきり、見学だけだと思っていた。しかし、すでに堂島はバトルの申し込みをしていたようだ。

「さっさとレベルを上げておかないと、初心者狩《が》りにまた襲われかねないからね」

堂島にそう言われて、光也は青い服のチーマー風の男たちに襲われたときのことを思い出した。

怖《こわ》かった。心底、怖かった。何もわからず、なにもできずに一方的に絶望《ぜつぼう》を感じた。

「だいじょうぶだ。相手もキミと同じで、今日が初バトル。条件《じょうけん》は同じだ」

同じ——。自分だけが、理不尽《りふじん》な世界に首を突《つ》っ込《こ》んだわけじゃない。そうか、自分だけが巻《ま》き込まれたわけではない——。

同様の状況《じょうきょう》になってしまった人間が他にもいるのだ。その状況を少しでも理解し、事態《じたい》に対処《たいしょ》し前に進むために自分も含《ふく》め、他の人間もここに来ているのだ。

「……わかりました。やってみます」

光也の言葉に堂島はニコリと微笑《ほほえ》んだ。

「ルールブックは読んできたな？　頭に入っているかい？」

堂島の質問に光也はうなずいた。

「よし、なら『電蜂《でんぱち》』をプレイしても問題ないだろう」

「……デン……パチ？」

聞き覚えのない言葉に光也は眉根《まゆね》を寄せた。

「ああ、このゲームのバトルのことをそう呼ぶ人間が多いんだ。『電話でドンパチ』、だから『デンパチ』。そういうのを漢字に直すクセみたいなのが、いまの若《わか》いヤツらにはあるだろ？　だから、電話の『電』に虫の『蜂』で『電蜂《デンパチ》』ってな具合だよ。まあ、『パチ』の部分は人によって違《ちが》う漢字を使うみたいだけどね」

「デンパチ、ですか」

光也は手の中の自分のケータイを見た。こんなもので、戦い、死ぬような状況に追い込まれている人間がいるとはケータイの制作者《せいさくしゃ》にも想像《そうぞう》がつかないだろう。

「いまのところは、先人の言うことを素直《すなお》に聞いておいてくれ。初心者のうちにこの会場以外の場所で、勝手に一人でバトルとか危険《きけん》なことをやるのは、パーティメンバーになった以上は避《さ》けてもらいたいからね」

堂島の苦言に光也は顔を伏《ふ》せた。

先ほど、新しくケータイを替《か》えたことに注意を受けたところだったからだ。

堂島が言うには、このゲームはケータイを捨《す》てようと替えようと、クリアしない限《かぎ》り逃げられないのだ。

光也同様に他のプレイヤーもそうして逃《のが》れようとしたが、結局は無駄《むだ》だった。

堂島の知り合いは、機種変更《へんこう》の際《さい》にメール機能《きのう》のないケータイに変更した。ところが、次の日には処分したはずのメール機能付きのケータイが自室の机《つくえ》に置かれていたそうだ。

ある者は、ゲームをプレイしていないときにケータイを壊《こわ》してみたが、数時間後には傷《きず》ひとつないキレイなケータイが手元にあったのだという。

ゲーム外であれば、ケータイに何をしてもいい。壊しても、置き去りにしても。

でも、結局何事もなかったかのようにケータイはプレイヤーの元に戻ってくる。

「どうせ抜《ぬ》け出せないなら、ケータイに恐怖《きょうふ》を抱《いだ》いて距離《きょり》をおこうとするよりも、いつでも戦える相棒《あいぼう》として大事に持っていたほうがいい」

堂島は、そう光也に伝えた。そして、強い眼差《まなざ》しで見つめてくる。

「ケータイが悪いんじゃない。このゲームがヤバイんだよ。生き残りたいのなら、何よりも誰《だれ》よりも自分のケータイを信じなきゃいけない。ケータイだけが、このゲームの唯一《ゆいいつ》無二の味方なんだ」

堂島の言葉に光也は少しだけ、恐怖の対象でしかなかったケータイと真正面から向き合っていこうと思ったのだった。


「次のバトルを開始します！　騎士《きし》『ダーク』レベル1、魔法使《まほうつか》い『フィーン』レベル1

の両プレイヤーは、フィールド内にお入りください！」

フィールドの中央に立っているスタッフが、アナウンスしてきた。すでにフィールドを囲む『結界』は消え、プレイヤーがなかに入れるようになっている。

「さあ、がんばってこい！」

堂島に背中《せなか》を押《お》され、光也はフィールド内に入った。

「初心者がんばれ！」

「気張《きば》れよー！」

など、野次《やじ》が飛んだ。ギャラリーが増《ふ》えていた。初心者の戦いには注目が集まる。新たに入ったプレイヤーの力量を見ることは今後ゲームを進めるうえでプラスになるからだ。才能《さいのう》がある者がいれば、勧誘《かんゆう》したり、戦いを回避《かいひ》することもできる。才能がない者たちは、戦えば経験値《けいけんち》稼《かせ》ぎに役立つ。

言うなれば、ここで光也のゲーム内の価値《かち》がある程度《ていど》決まるのだ。

光也の相手がフィールド内に入った。男だ。歳《とし》は同じくらいだろうか。おどおどしている。彼も怖《こわ》いのだろう。そう、怖いのは自分だけではない。

光也はバトルの手順を頭のなかでなぞった。

どちらかが相手に向かって発信ボタンを三度押すと相手側のケータイが反応《はんのう》する。相手が応《おう》じて通話状態《じょうたい》にするとバトル開始である。通話状態にすることによって、ゲーム内の力を使えるようになる。

両者のレベルに差がある場合は、レベルの低いほうに選択権《せんたくけん》があり、基本《きほん》的にレベルが高いほうから戦いを申し込むことはできない。が、初期設定《せってい》では『誰が来ても戦いに応じる』という状態になっており、レベル差に関係なく、周囲のプレイヤーたちに自分の存在《そんざい》を教えてしまう。そのせいで光也は二度も襲《おそ》われたのである。ゲーム開始直後の初心者はとても危険《きけん》な状態におかれているのだ。

一般《いっぱん》的にプレイヤーたちは『レベルの近い人と戦う』という設定にしている。

「ファイトッ！」

スタッフの男は、開始の掛《か》け声を放ったあと、フィールド外へと移動《いどう》した。

光也と対戦者——フィーンは、互《たが》いにケータイを取り出した。どちらもなかなか三回発信ボタンを押さない。いや、ふんぎりがつかずに押すのに抵抗《ていこう》がある。やがて相手が覚悟《かくご》を決めたのか、発信ボタンを押した。光也のケータイが震動《しんどう》する。一瞬《いっしゅん》、指が止まったが、光也はボタンを押し、通話状態にした。

バトル開始だ。

プレイヤーのライフゲージは『ケータイのバッテリー電池表示《ひょうじ》』である。

実際《じっさい》のケータイのバッテリーと戦闘《せんとう》中に消費される電池は、異質《いしつ》のものだ。たとえ、日常《にちじょう》でケータイのバッテリーが切れたとしても、バトルでは問題ない。逆《ぎゃく》も同じである。

バトル中は常《つね》にこのバトル用の電池を消費していく。ダメージを受けてもゲージが減《へ》っていく。先にゼロになったほうが負けだ。勝者は、戦闘で活躍《かつやく》した分の経験値を獲得《かくとく》する。

ゲームで使用される主なケータイの機能は、ゲーム用に変化を遂《と》げたメールの画面だ。宛《あ》て先も件名《けんめい》も存在《そんざい》せず、ただメール入力欄《らん》のみがケータイの画面いっぱいに表示される。

能力は、そのメール入力欄に文章として打ち込むことで発現する。

「炎《ほのお》を相手に撃《う》つ」——魔法使《まほうつか》いはこう入力することによって、炎を発現させ、相手に向けて撃つことができる。

常に画面に表示される新しく打ったほうの文章（能力）提示《ていじ》が優先《ゆうせん》され、ひとつ前に打った文章（能力）提示は効力《こうりょく》を失う。

能力を使用すると、ケータイの電池が消費される。つまり、ライフゲージは能力発動とダメージを共有する。RPGのHPとMPを足したものが電蜂《デンパチ》のライフゲージなのだ。

光也とフィーンは同時にメール機能を立ち上げ、攻撃《こうげき》のための文章を打っていく。二人とも相手とケータイの画面を交互《こうご》に見ながら入力している。画面を見ずに入力できるようになるのが、基本だ。相手から目を離《はな》すのは、大きなスキを生むからだ。

ケータイの画面を見る時間が長いか短いかで、どの程度の腕《うで》か、ゲームに慣《な》れたプレイヤーたちにはわかってしまう。光也とフィーンは、どこからどう見ても初心者だ。

フィーンの手が止まる。入力し終わったのだろうか。

相手は魔法使いだ。テレビゲームのように、炎や水を自在に放つことができる。フィーンが右手をこちらに向けた。手のひらから炎が生み出され、球状になって、こちらに向かって放たれた。

が、炎はさほど速くもなく、よく見れば避《よ》けられそうだ。光也は身をひるがえして、炎をかわした。同時に腰《こし》のベルトを抜き放つ。炎は後方の結界によって、打ち消された。

抜き放ったベルトは、まるで剣《けん》のように真《ま》っ直《す》ぐ上へ向いていた。光也がメールに記入したのは、『ベルトを剣にして相手に使う』という文章だった。

騎士《きし》の能力。それは、手にしたあらゆる物質を硬化《こうか》し、武器《ぶき》、あるいは防具《ぼうぐ》に変える力だ。レベルが上がるにつれ、その効果も増《ま》す。ただし、能力を使用している間は、一方的に電池が減り続ける。硬化した物質は手元から離れると効力を失ってしまう。

ベルトにしたのには理由がある。棒《ぼう》切《き》れや木刀など、町を出歩くのにそんな物騒《ぶっそう》な物を持っていたら目立つし、場合によっては警察《けいさつ》に捕《つか》まるからだ。騎士は、ふだん持ち歩いていてもおかしくないものを利用するのが定石だ。

堂島からは、「身につけているものを武器にするように」と言われた。ベルトなら、ありふれてはいるが、目立つおそれはない。

光也はケータイをしまうと、硬化させたベルトを両手で、構えた。光也に剣道《けんどう》の経験などない。間合いなどもわからない。

飛び道具を持っている点で、相手のほうが有利だ。

フィーンが再《ふたた》び炎を放った。その手の向きを見れば、避けるのは簡単《かんたん》だ。しかし、これではキリがない。むしろ、電池が減り続ける騎士のほうが圧倒《あっとう》的に不利だ。

(出なきゃ、こちらが負ける)

緊張感《きんちょうかん》が光也を支配《しはい》する。いつもやっているテレビゲームとは違《ちが》う。違いすぎる。

自分の分身が戦うのではなく、自分自身が戦う。ギャンブルを家庭用ゲーム機でやるのと、カジノで実際《じっさい》に金を賭《か》けてやるぐらいの差がある。

しかも、いま賭けているのは命……。

「アァァァァァ――――ッ!」

光也は掛け声とともに意を決し、前へと走り出た。それに驚《おどろ》いたのか、フィーンも急い

で手を光也のほうにかざす。

ここだ！

光也は、急に斜《なな》め方向に身をひるがえした。フィーンも驚き、手の向きを修正《しゅうせい》する。その手のひらが広がる瞬間、光也は三度方向を変えて相手へと詰《つ》めた。光也はジグザグに走りながら、フィーンとの距離《きょり》を縮《ちぢ》めていく。フィーンは光也の動きに翻弄《ほんろう》され、手をあちこちに向けることしかできない。

相手もまた武道のシロート。飛び道具の届く距離がわからないのだ。

（いける！）

そう思ったときだ。フィーンが、方向を定めずに炎を撃ち出したのだ。いくつかは、あらぬ方向に飛んでいったが、そのうちのひとつが光也の動いた先に向かってきた。偶然《ぐうぜん》の一撃を、光也はベルトを盾《たて》にして防御《ぼうぎょ》した。それでも余波《よは》の熱が光也を襲う。それだけでもヒドく熱かった。直撃はマズい。

そう思っているうちにフィーンはケータイを取り出し、なにかを打ち込みはじめた。攻撃方法を変えるつもりだ。そのまえにたたく！

光也は勢《いきお》いよく飛び出す——が、急にガクンと足が重くなり、先に進めなくなった。動かない。一歩も前へ出ていけない。突然《とつぜん》の変化に自分の足元を見ると、両足が氷に包まれ、路面と繋《つな》がれていた。同時に冷たさが伝わってくる。

氷の魔法——。やられた！

ベルトの剣で氷をたたくが、硬《かた》い。元がベルトでは、歯が立たないと思わせる硬さだった。

フィーンはまたしてもケータイに打ち込みはじめた。とどめを刺《さ》す気だ。動けなくなった相手を離れたところから討《う》つ。魔法使いらしい慎重《しんちょう》な行動だ。

負ける……？　そうか、負けるのか……。

ここで死ぬわけじゃないから、それでもいいか。どうせ、やり直せばいいんだ。ゲームだもんな。がんばったさ。よくがんばった。だって、初心者だぜ？　オレはよくやったさ。

ゆっくりとやっていけば——

「ボ、ボクはクリアするんだ——ッ！」

フィーンの声だった。光也はハッとした。フィーンの目からは涙《なみだ》が流れていた。その眼差《まなざ》しは生に満ちた——いや、しがみついてでも生きたいと願う者のそれだった。彼の手には強い輝《かがや》きの炎《ほのお》が生まれていた。

ケータイが壊《こわ》されたら、ゲームオーバー。それは、すなわち『死』——。

『死』という一文字が脳裏《のうり》をかすめたとき、光也の全身を冷たく嫌《いや》な感覚が広がっていく。

その恐怖《きょうふ》に怯《おび》えているのは、自分だけではない。彼だって、フィーンだって、自分と同じなんだ。

「オ、オレだって……勝ちたいんだよ——ッ!」

光也は、ベルトで足元の氷を何度もたたき、炎が直撃する寸前《すんぜん》についに割《わ》った。

飛んできた炎を横に避《よ》けてやり過《す》ごし、割れた氷のかけらをフィーンめがけて投げた。

かけらは顔に命中し、その拍子《ひょうし》にフィーンの手からケータイが落ちた。ケータイは路面を走り、フィーンから離《はな》れていった。

いまだ!

光也はフィーンのケータイに向かって走り出した。フィーンもそちらに動き出すが、光也は拾っておいた数個の氷のかけらを、今度はフィーンの手元に向けて投げつけた。かけらのひとつが手の甲《こう》に当たった瞬間《しゅんかん》、フィーンが一瞬だけ動きを止めた。それが勝負を決めた。

二人ともケータイに向かって滑《すべ》り込《こ》む。光也が先にフィーンのケータイを取って、路面を転がった。

相手のケータイを奪《うば》い、通話状態《じょうたい》(バトル状態)を解除《かいじょ》することでも勝ちである。己《おのれ》で自分の通話状態を止めると負けになるが……。

光也はフィーンのケータイの電源《でんげん》ボタンを押《お》した。通話状態が解《と》かれ、バトルは終了《しゅうりょう》。倒《たお》れこんでいるフィーンの目の前で、光也は通話が切れたときの『ツーツー』という音が鳴るケータイを掲《かか》げた。

「……オレの勝ちだ」

息をあげながら、光也はそう言った。フィーンはぐったりとして、顔を静かに伏《ふ》せた。

光也のケータイが鳴り、『You Win!』と記されたメールが届《とど》いた。差し出し人のアドレスは無いが、『Innovate』から送信されてきたのだと理解した。

「プレイヤー・『ダーク』の勝利です!」

アナウンスに続いて、周囲から大きな歓声《かんせい》があがる。

神崎光也――『ダーク』の初戦闘《せんとう》、および初めての『電蜂《デンパチ》』での勝利だった。

4

深夜の雨ほど、暗く、冷たいものはないと霧乃《きりの》静香《しずか》は思う。

人気のない闇夜《やみよ》の公園で彼女は勝った。いつものことだ。とくに珍《めずら》しいわけでもない。

霧乃は、雨に濡《ぬ》れた長い黒髪《くろかみ》をかき上げる。制服《せいふく》のブレザーもスカートも濡れ、スレンダーな肢体《したい》にはり付き、体のラインを浮《う》き上がらせていた。

彼女の近くで青い服装《ふくそう》の少年たちが倒れていた。

落ちたカバンと、開いたままの傘《かさ》を霧乃は拾った。帰りが遅《おそ》くなったわけでも、夜遊びしていたわけでもない。言うなれば狩《か》りをしていたのだ。

『Innovate』のプレイヤーには、何種類かの人間がいる。

独自《どくじ》のルールを敷《し》き、『安全』な囲いのなかで戦っている健全《けんぜん》なプレイヤー。

それとは逆に、無法地帯で戦う者たちがいた。誰彼《だれかれ》かまわずに戦いを仕掛《しか》けるこれらのプレイヤーは『過激派《かげきは》』と言われていた。

最後は、PK。プレイヤーキラーだ。相手を殺すことを楽しんでいる、危険極《きけんきわ》まりない者たちである。

力量は後者になるにつれて、強くなる。プレイヤーキラーには、高レベルの者が多い。レベルが低いと、簡単《かんたん》にPKK——プレイヤーキラー・キラーの制裁《せいさい》を受けてしまうからだ。

PK専門《せんもん》のPK。それがPKK。ネットゲームでも存在《そんざい》するプレイヤーだ。

数あるプレイヤーたちの中で霧乃は、『過激派』に位置していた。

女の身でありながら、一人でプレイしている霧乃に自警団《じけいだん》を組織《そしき》したプレイヤーたちや傭兵《ようへい》のようなことをやっている者たちが何度も接触《せっしょく》してきた。

PK行為《こうい》が横行していき、いつしか、その行為に歯止めをかけるべく自警団のようなものが結成されるようになった。

初心者の保護《ほご》から、PKKまで行なう。

女性が一人でプレイするのは危険だと忠告《ちゅうこく》してきたり、プレイスタイルが過激すぎると自警団に注意を受けた。

霧乃からしてみれば、少しでも不穏《ふおん》な動きをしたプレイヤーを容赦《ようしゃ》なく攻撃するPKKや自警団のほうが過激だ。

『正義《せいぎ》』を掲げて、『正義』の名の下《もと》に力を振《ふ》るう者たちほど厄介《やっかい》な人間はいない。

霧乃だって好きで『過激派』になったわけじゃない。

ある一定のレベルになると、保守《ほしゅ》的に戦う方法では限界《げんかい》がくるのだ。ハイレベルなバトル内容《ないよう》でないと経験値《けいけんち》がほとんどもらえなくなる。だから『過激派』と手合わせをするために路上に出たのだ。そうなると、PKと遭遇《そうぐう》する確率《かくりつ》もグンと上がってくる。

プレイヤーの間には、PKと一部のプレイヤーを頂点《ちょうてん》とするピラミッド形式の弱肉強食関係ができていた。とはいえ、一概《いちがい》にPKがいいとも言えない。一度でもプレイヤーを殺して、経験値を得た者は、一定期間内に次のプレイヤーと戦わないと経験値が徐々《じょじょ》に減《へ》っていくのだ。このように経験値を求めて動くPKを『ヴァンパイア』と呼《よ》ぶ者も少なくない。

霧乃は人を殺すほど、このゲームにのめり込んではいない。といって、少ない経験値をちびちびと集めているヒマは霧乃にはなかった。

早く、早くクリアをして、報酬《ほうしゅう》を得なければならない。だから、寄《よ》り道などしていられないのだ。

制服の姿《すがた》で夜中に出歩くのは都合がいい。下心丸見えの男たちが、霧乃に襲《おそ》い掛かってくるからだ。それを狩る。しかし、この方法さえ限界に近づいていた。

『魔女《まじょ》』——そう呼ばれるほど、霧乃は強くなりすぎていた。レベルもクリア目前にまで迫《せま》っている。たまに世間知らずが襲ってくるが、どれもレベルが低すぎて、経験値もすずめの涙《なみだ》だ。

どうするか——打開策《さく》を考えながら、霧乃は夜道を、傘を差して歩き出した。

少し歩いて、前方の気配に気づいた。このゲームを始めて以来、人の気配を敏感《びんかん》に感じられるようになっていた。

街灯《がいとう》の下に黄色のレインコートを着た人物が立っていた。上も下も黄色。フードを深く被《かぶ》り、顔ははっきりわからない。ただ、こちらに視線《しせん》を送っているのは感じられた。

最近は全身青ずくめの若者《わかもの》を倒してばかりなので、全身黄色という格好《かっこう》を霧乃は皮肉に思った。

気味が悪かったが、ケータイが反応《はんのう》しないところをみると、戦う意思はないようだ。

霧乃はため息をひとつつき、そのまま進んだ。レインコート姿の人物の横を通り過ぎようとしたとき――

『このゲームを降《お》りろ』

奇妙《きみょう》な声で、横からはっきりとそう告げられた。ボイスチェンジャーでも使っているのだろう。

霧乃はその場に立ち止まり、

「なに？　あなたも青い人たちの仲間かしら？　それとも、ただの変態《へんたい》さん？」

挑発《ちょうはつ》的に言ってみるが、反応はない。こちらを振り向きもしない。

『このゲームは、最低だ。降りたほうが賢明《けんめい》だ。これは、忠告ではない。警告《けいこく》だ。次は――』

「私を殺す？」

と、霧乃は笑《え》みを浮《う》かべた。

レインコートの人物は、そのまま歩き出し、夜の闇に消えていった。

冷たい雨の降るなか、霧乃は息を吐《は》いた。

このゲームは最低？　わかっている、そのぐらい。それでも、しなくてはならないことがある。絶対《ぜったい》に叶《かな》えなくてはならないことが。

そう、自分が狂《くる》ってしまうまえに。

このゲームは、人を狂わせるクソゲーなのだ。

Last Chapter 2 raincoat.

雨期に路上でバトルをするのは、どうにも気が進まない。戦闘《せんとう》中に雨が降《ふ》ると、場合によってはせっかく有利に勝負をすすめていても立場が悪く転ずるときがある。

公園にある屋根つきの休憩場《きゅうけい》で、ウィリアムは缶《かん》コーヒーを飲みながらそう思っていた。休憩場から一歩出れば豪雨《ごうう》だ。目の前で痛《いた》そうなぐらいの鋭《するど》い雨が降り注いでくる。

「専用《せんよう》のバトル場でやっているやつらは、こういうときイイよなー」

嘆息交《たんそくま》じりでウィリアムは言った。

「囲いに閉《と》じこもって、現実《げんじつ》から逃避《とうひ》するやつらがいる場所だ。オレは好きになれない」

ウィリアムの後ろに座《すわ》っていたタスラムは吐き捨《す》てるように言う。

「いいじゃねぇか。みんながみんな、強いわけじゃねぇさ。そういう場所があっても、別にいいんじゃないか？」

ウィリアムの言葉にタスラムは返答しなかった。

誰《だれ》だって、『死』は怖《こわ》い。ウィリアムたちだって怖いことに変わりない。ただ、気の合う仲間が三人集まったおかげで、少し強くなり、いままで戦ってこれただけ。根っこは、専用のバトルフィールドで戦う者たちと変わらないのだ。

三人が出会ったのは偶然《ぐうぜん》かもしれない。が、三人の友情《ゆうじょう》は様々な苦境《くきょう》を乗り越《こ》えてできた確《たし》かなものだ。

それはウィリアムにとって、誇《ほこ》りだった。

と、視界にデュラハンが入ってきた。ビニール傘《がさ》を差し、こちらへと向かってくる。先のバトル中に急に豪雨が降りだし、バトル勝利後、ジャンケンで負けたデュラハンが、三人分の百円のビニール傘を買いに行っていたのだ。

帰ってきたデュラハンの表情は曇《くも》っていた。ウィリアムはデュラハンの顔を覗《のぞ》き込《こ》むように訊《き》く。

「どうした？」

「――ああ。帰りの道中、レインコートを着た人と出会ったんだけど、その人に言われたよ。『ゲームを降りたほうがいい。それが、おまえたちのためだ』ってね」

「どうせ、正義《せいぎ》を騙《かた》るやつの戯言《ざれごと》だ。戦う勇気のないやつのな」

タスラムはそう言った。

「まあ、いいさ。帰ろうぜ？　ここは冷える」

ウィリアムは気落ちしているデュラハンの肩《かた》をたたいた。その手から受け取った傘を開くと、豪雨のなかをデュラハンとタスラムと共に歩き出した。

帰りの道でデュラハンはレインコートの人物との会話を思い出しながら歩いていた。

考えるように顔を伏《ふ》せるデュラハンにタスラムが声をかけてきた。

「まさか、いまさらためらっているのか？　クリアはそこまで来ているんだ。そんな戯言、忘《わす》れたほうがいい」

それだけ言って、タスラムは豪雨のなかを進んでいく。

「……ああ、そうだな」

デュラハンも二人に続いて雨のなかを進みだした。

レインコートの人物に、デュラハンはいまのタスラムと同じようなことを告げた。

そして――、

『おまえは、もう狂っているんだな』

寂《さび》しそうに、そう言われた。

これは、廃墟《はいきょ》に行く一週間前の出来事だった。

Chapter 2 event.

1

この『東京』と呼ばれる都市に、どれほどの廃墟があるかはマニアでもないかぎり把握《はあく》はできない。いまこのときも、夢《ゆめ》の城《しろ》が廃墟へと変わり続けている。

闇夜《やみよ》に存在する跡地《あとち》に集まるのは、夢が見られずに現世で彷徨《さまよ》う者たち。青き衣《ころも》をそれぞれが纏《まと》い、そこから生まれる統一性《とういっせい》が絆《きずな》ともいえる仲間意識《いしき》を強めている。

廃墟と化したビルの広いフロアにいる青一色の若者《わかもの》たちの数は百を超《こ》えていた。ところどころに置かれたドラム缶《かん》からは、夜の暗さを照らす炎《ほのお》が上がっていた。炎に浮かび上がる若者たちの表情は、どこか興奮気味《こうふんぎみ》だった。

フロアの奥《おく》にあるステージから、靴音《くつおと》が聞こえた。その瞬間《しゅんかん》、ざわついていた若者たちはピタリと口を止め、視線《しせん》をそちらへと向けた。

ステージにあるドラム缶ふたつの間に立ったのは、素肌《すはだ》の上から青いスーツを着た若い男だった。ブルーのカラーコンタクトに、青く染《そ》めた髪《かみ》。端整《たんせい》な顔立ちに白い肌《はだ》をしていた。歳《とし》は二十代前半ぐらいだろうか。

「アーサーさん！」

若者たちが男をそう呼んだ。

「よく集まってくれたな、『青き円卓《えんたく》の騎士《きし》』たち」

アーサーは一拍《いっぱく》空け、口の端《はし》を上げた。

「『イベント』の準備《じゅんび》が整った」

その言葉に若者たちから歓喜《かんき》の声が上がった。それは狂気《きょうき》の声でもあった。

「——行動に移《うつ》る前に、ひとつ注意事項《じこう》だ。例の『ヴァンパイア』が動いている。やつは絶対《ぜったい》に交戦するな。——それだけだ。じゃあ、盛《も》り上げようじゃないか、オレたちの一大イベントをな」

フロアは狂喜《きょうき》の渦《うず》と化し、青い服を着た若者たちの宴《うたげ》は、夜が明けても続いた。

2

『クソゲー』とユーザーに評価《ひょうか》されたゲームが、『良作』とユーザーに呼ばれることがあるだろうか？

売り上げが良ければ良作？　斬新《ざんしん》なシステムならば良作？　大作の続編だから良作？『良作』と呼ばれる条件《じょうけん》は無数にある。——が、ユーザーの評価ひとつで『クソゲー』になってしまう。

人の数だけ『良作』も『クソゲー』もある——そう思えば楽だ。実際、そうなのだろう。それで作り手もプレイヤーも納得《なっとく》して、また次のゲームに臨《のぞ》む。

ただし、どんな『良作』であろうと、一瞬で『クソゲー』と化す、欠点もひとつ含《ふく》んでいる。

——それは、『飽《あ》き』だ。

人間は、『飽き』を繰《く》り返し、次へ次へと消費し、欲《よく》を満たそうとする。『良作』と呼ばれるゲームですら、『飽き』には勝てない。

ならば、『飽き』のこないゲーム、それが最高の『良作』ではないだろうか？

「チーム『クーフーリン』とチーム『エンドレス・ハート』はフィールド内に入ってください！」

アナウンスに応《おう》じ、歓声を浴びながら入ってきたのは、いま勢《いきお》いのあるチーム、『クーフーリン』の三人だった。

リーダーの戦士は、プロレス技《わざ》を豪快《ごうかい》に使い、相手を力と技の絶妙《ぜつみょう》なコンビネーションで圧倒《あっとう》する。

黒ずくめの若《わか》い女性《じょせい》は後方から援護《えんご》する狩人《かりゅうど》だ。彼女の的確な射撃《しゃげき》は相手に確実《かくじつ》なダメージを与《あた》える。

そして、チームの前衛を守る騎士の若者がフィールドに進んだ。まだ、動きがぎこちないが、チームの確かな力となってきていた。――光也《みつや》だった。

デビュー戦からひと月半、レベルは二十を超《こ》えていた。順調な上がり方だった。

プロレス技を使う戦士とは、堂島《どうじま》のことだ。狩人の女の子は、紅葉《もみじ》である。職業《しょくぎょう》の重複《ちょう》しない三人は、相性《あいしょう》も良かったのか、互《たが》いの足りない部分を補《おぎな》い合いながら、確実に勢いをつけていた。

光也のレベルが二十に入った時点で彼らはパーティ戦に入った。

地下駐車場《ちかちゅうしゃじょう》でのバトルは、個人《こじん》戦とパーティ戦が一日おきに交代で行われる。個人戦とは違《ちが》い、パーティ戦では二回り大きな――結界の規模《きぼ》を広げただけだが――バトルフィールドが敷《し》かれる。

光也たちのパーティ名に深い意味はない。堂島がゲーム内で使われてもおかしくない名前にしただけだ。

相手のチーム『エンドレス・ハート』の面々が光也たちの前に横に一列に並《なら》んだ。以前、出会ったビートというプレイヤーのパーティだった。

ビートと、見知らぬ二人の男女。光也ぐらいの歳で、ブラウスにホットパンツ姿《すがた》という三つ編《あ》みの女の子と、パーカーを着た小学校高学年といった感じの男の子だ。二人ともビートと初めて会ったときにはいなかった。

「なんだなんだ？　また、例のクセが出たか？」

堂島がイタズラ顔でひやかした。

「ハハっ、まあそんなとこかな」

と、頬《ほお》をかきながら、苦笑いでビートは返した。

どうやら、この女の子と男の子は、光也のようにビートに声をかけてもらい、そのままパーティに入ったようだった。ということは、ビートは初めて会ったときにいたあの女性とは別れたのだろうか？

「では、開始したいと思います！」

アナウンスの男性がそう言うと、堂島とビートはお互《たが》いのチームリーダーとして握手《あくしゅ》を交《か》わす。交わし終えると双方《そうほう》は後ろへと下がった。

全員ケータイを取り出す。

パーティは最大四人までで組むことができる。同じパーティメンバーは経験値《けいけんち》と能力《のうりょく》を共有する。この条件を無視して徒党《ととう》を組むプレイヤーは多数存在する。そのときでも獲得《かくとく》した経験値を共有できるのは正規《せいき》の四名までのパーティだけだ。つけ加えると一度パーティから離脱《りだつ》すると、一か月間は同じメンバーと組むことはできない。

「始めッ！」

開始の掛《か》け声とともに、両パーティはケータイを打ち始める。すでに光也も手元を見ないで入力できるようになっていた。

この『Innovate』というゲームには、実際《じっさい》のケータイの文字の自動変換機能《へんかんきのう》と同様の機能がある。ある程度《ていど》戦闘《せんとう》を重ねると一文字を打つだけでゲーム内での変換機能が作動して、打ちたいであろう文字を導《みちび》き出してくれるのだ。

光也ならば、『ベルトを武器《ぶき》にする』と入力する際に、『ベ』と打つだけで『ベルト』という単語が導かれてくる。

この機能で入力時間も短縮《たんしゆく》され、戦闘もよりスピーディに展開《てんかい》できるようになっていく。そうなれば、打ち間違いによる入力ミス、変換ミスも防《ふせ》ぎやすくなる。入力ミス、変換ミスの際に、ケータイから発せられるエラー音はプレイヤーにとって畏怖《いふ》の音だ。

相手パーティの後ろに移動《いどう》していた女の子が両手を上へとかざすと、相手パーティ全員の体が光った。

防御力《ぼうぎょりょく》を上げる魔法《まほう》――女の子は魔法使いだ。サポート魔法は、次の魔法に移《うつ》っても効《こう》果《か》が持続される厄介《やっかい》なシロモノだ。

光也のパーティに魔法使いはいなかった。誰もサポート魔法を扱《あつか》える者はいない。相手パーティの魔法使いほど、厄介なものはいないのだ。魔法使いを先に倒《たお》したいものだが、彼女は後方なのでなかなか攻撃《こうげき》が届かない。光也がとまどっていると、横で風を切る音が聞こえ、相手の女の子が軽い悲鳴をあげた。

当たったのだ、攻撃が。やったのは――紅葉だ。

相変わらずの黒い格好《かっこう》で、手には和弓を改良したものが握《にぎ》られていた。矢の先端《せんたん》は、ゴム製《せい》の丸い形の矢じり。それが、女の子の肩《かた》に当たったのだ。魔法使いの女の子は痛《いた》そうに肩を押《お》さえた。

狩人《かりゅうど》の能力――それは、手にした物を放《ほう》ることで発現《はつげん》する。放たれたものは、力を宿し、相手にダメージを与《あた》える。手にしているあいだだけ発現する騎士《きし》の能力とは正反対だ。また、狩人は戦闘中に視力が極端《きょくたん》に上がるのも特徴《とくちょう》だ。この視力強化は広範囲《はんい》での戦闘で、威力《いりょく》を発揮《はっき》する。

紅葉は幼《おさな》い頃《ころ》から弓道をしており、都内の高校でも屈指《くっし》の実力をもっていた。魔法使いがいない分、彼女が後方から弓でサポートしてくれていた。矢の先端がゴム製とはいえ、硬化《こうか》しているのでダメージは想像《そうぞう》以上だ。

光也が視線をずらすと、堂島とビートが攻防を繰《く》り広げていた。戦士の堂島は、軽快《けいかい》な動きでビートのスキをつこうとする。しかし、ビートは両手の全《すべ》ての指の間に挟《はさ》んだ、丸めたポスターで制《せい》していた。はたから見れば怪《あや》しい攻撃だが、ゲームの力を得ている八本のポスターは、攻撃にも防御にも適《てき》した恐《おそ》るべきものに変わっていた。

戦士の能力とは、自身の肉体の攻撃力、防御力を単純《たんじゅん》に高める力だ。物を手にしても、騎士のような硬化能力もないし、物を放っても狩人のような力を与えることもできない。ましてや、魔法使いのような不可思議な力など扱《あつか》えない。単に力が強くなるだけだ。

ビートは両手のポスターを交差して重ね、盾《たて》のようにする。――が、堂島の拳《こぶし》の一撃はその硬度を超え、ポスターの表面に拳のかたちのくぼみを作った。

「……オレのポスターの硬度を超えているのか？」

ビートは改めて堂島の拳の異常《いじょう》さを認識《にんしき》したようだ。ビートのレベルは五十五ぐらいと聞いている。プレイヤーとしては中堅《ちゅうけん》以上の実力を持ち、ポスターを使う珍《めずら》しさから、この地《ち》下駐車場《かちゅうしゃじょう》では名が通っている。一方、堂島のレベルは五十三だ。

レベルはビートの方が上なのに、どうしてポスターがくぼむほどの攻撃を受けるのか？

動揺《どうよう》しているビートの足に、紅葉の矢が命中した。その身がよろめいた一瞬《いっしゅん》のスキを堂島は見逃《みのが》さなかった。

一歩、鋭《するど》く踏《ふ》み込《こ》み、よろめいたビートの斜《なな》め下から拳を振《ふ》り上げる。ビートも反応《はんのう》し、ポスターを盾にまわそうとするが——鋭いインパクト音が響《ひび》いた。ビートはポスターごと顔面に一撃を食らったのだ。

ビートは崩《くず》れ去るようにその場でひざをついた。

立ち上がろうとするが、目の焦点《しょうてん》が定まらないようだ。あごだ。あごを射抜《いぬ》かれたのだ。

ビートのひざに突然《とつぜん》、堂島が足を置いた。堂島は、そのままひざに乗せた左足に力を入れ、蹴《け》り上がり、右足のひざを全力でビートの側頭部にぶち当てる——

『シャイニング・ウィザード』——プロレス技《わざ》のひとつだ。必殺の一撃を持つこの技は、ひざをつく相手への追撃としては破壊力《はかいりょく》がありすぎるほどだ。もちろん、ビートはその一撃で昏倒《こんとう》した。

単純に肉体の力が上がるだけの戦士、それは弱いのだろうか？

答えは否《いな》。

確《たし》かにケンカの素人《しろうと》が戦士になっても、強化された肉体を使いこなせないと意味がない。

では、格闘技《かくとうぎ》に精通《せいつう》した者が戦士になればどうなるか？　その差は歴然だ。空手、ボクシング、テコンドーなど、およそ打撃に秀《ひい》でた格闘技を身につけた者にとって、強化された肉体は必殺の武器となる。どんな局面にも対応した技を持ち、打たれ強いプロレスラーならばなおのこと。

結論《けつろん》から言えば、戦士は単純に強いのだ。

堂島が勝負を決めているなか、紅葉は女の子との遠距離戦《えんきょりせん》を続けており、光也は狩人である男の子が両手で持つおもちゃのウォーターガンに防戦一方だった。

紅葉の早撃《はやう》ちに、女の子は仲間のサポートすらできず、自分の身を守りながら魔法で矢を相殺《そうさい》するのに精一杯《せいいっぱい》だった。その間にも紅葉は、的確に仲間の援護《えんご》までしていた。腰《こし》の矢筒《やづつ》から矢を素早《すばや》く抜き、高速で矢を放つ。神業《かみわざ》だった。無表情《むひょうじょう》のまま、撃ち続ける紅葉は、まるで精密機械《せいみつきかい》だった。

光也がウォーターガンに体中を撃たれていても、いまだ戦えるのは紅葉の援護のたまものだ。

魔法使いと紅葉の勝負は時間の問題だった。すでに紅葉の攻撃が女の子の体に当たりはじめたからだ。リーダーであるビートの負けという精神的な要因《よういん》があるせいだろう。

問題は自分だ。ウォーターガンから噴《ふ》き出される水は意外にも速く、当たればダメージとともに衣類が濡《ぬ》れ、身が重くなり、回避《かいひ》行動を遅《おく》らせる。

光也は、自分の電池が確実に消費していっているとわかっていた。

負ければ、経験値が貰《もら》えなくなる。パーティで経験値を共有するとはいえ、戦闘不能になった者には何も入らない。

仲間は勝っているんだ。自分だけ、負けるわけにはいかない。しかも相手は小学生ぐらいじゃないか！

体に激痛《げきつう》が走っている。水とはいえ、狩人の力を宿したものだ。何度も喰《く》らえばかなりのダメージになる。

苦渋《くじゅう》に満ちた表情になっているのを意識《いしき》しながらも、光也は一歩一歩と相手に詰《つ》め寄《よ》っていった。しかし、ベルトの剣《けん》が届《とど》く範囲《はんい》に入る前に電池がなくなってしまいそうだ。

と、光也の視界《しかい》になにかが入り込んだ。堂島だ！

それに気づき、男の子はビックリしたのだろう、銃口《じゅうこう》の向きを堂島へと変えた。そのスキに光也は痛《いた》みに耐《た》えて、一気に間合いを詰めた。堂島が水の一撃を腕《うで》で防御《ぼうぎょ》してくれたおかげで、光也は相手に攻撃《こうげき》できる距離まで近づくことができた。ベルトを振り上げたとき、痛みのせいで体がぐらついた。

（ヤバイ！）

相手が銃口をこちらに向けた。引き金が引かれる、その瞬間――

「うがっ！」

男の子は悲鳴をあげた。その腕に矢が当たったからだ。——紅葉だ。すでに魔法使いとの勝負はついていた。男の子が銃口を下げた瞬間、光也はベルトを相手の肩口にたたきつける。

男の子は苦悶《くもん》の表情でウォーターガンを落とした。

光也は彼の眼前《がんぜん》にベルトを突《つ》きつける。後方では紅葉が矢の照準《しょうじゅん》を合わせ、男の子の横には腕を組みながら立っている堂島がいた。

「……どうする？」

堂島の質問《しつもん》に、男の子はケータイを取り出し、電源《でんげん》を静かに切った。

光也はバトル後、駐車場のトイレに顔を洗《あら》いに行った。鏡に映る自分の顔は少し腫《は》れ上がっていた。

(水でも、使い方しだいではここまでダメージを与えられるんだ……)

改めて職業ごとの能力に驚《おどろ》いた。身近にあって、生活に欠かせない水ですらゲームのなかではあんなにも強力な武器と化す。路上では、本当に鋭利《えいり》な刃物《はもの》などで戦いあっているらしい。想像《そうぞう》しただけで怖《おそ》ろしく感じた。

光也は戦いを重ねるうちに、様々な攻撃方法を目《ま》の当たりにしてきた。タオルを武器にしたり、CDを硬化《こうか》させて投げてきた者もいる。自分に合った様々な攻撃方法で彼らはプレイしていた。

光也はふと自分のケータイに視線を移《うつ》した。

実生活ではともかく、バトルでの端末《たんまつ》の使い心地《ここち》は、死活問題である。

打ちにくいボタンによる、入力ミス、変換《へんかん》ミスはまさに命取りだ。ケータイの機種ごとによっての、ボタンの押し易《やす》さや画面の見易さ、折りたたみ式かスライド式かなどもある。

ただ、あまりに戦績《せんせき》が悪いプレイヤー、ケータイの機種が合わないプレイヤーには『Innovate』により救済措置《きゅうさいそち》が施《ほどこ》されるらしい。そのプレイヤーに相性《あいしょう》の良いケータイが既存《きそん》の機種から選ばれて、ある日突然《とつぜん》送られて来るのだという。

『死』の存在するゲームからのせめてもの労《ねぎら》い、サービスのつもりなのだろうか？

ゲームが、プレイヤーのケータイさばきをデータとして採《と》っているのだとも噂《うわさ》されていた。

ゲーム上の性質《せいしつ》なのかどうかはわからないらしいが、色が黄色の機種ではプレイできないようだ。黄色の機種のプレイヤーは他の色の機種が送られてくる。

プレイヤー自身が機種変更《へんこう》をすると、いくつかのペナルティを食らうそうだ。それを聞いたとき光也はドキッとしたが、レベル1でまともにバトルもしたことがないプレイヤーの機種変は、ある程度《ていど》許《ゆる》されているようだと堂島に説明され、安心したのだった。レベルの上がったプレイヤーは、自分で機種変更などするものではない――そう言われるほど、ペナルティは厳《きび》しい部類に入るのだそうだ。

不幸中の幸いにも、光也は自分のケータイと相性が良かったため、ペナルティの危険《きけん》を冒《おか》してまで機種変更をする必要はなかった。

こうした理不尽《りふじん》なルールに翻弄《ほんろう》されながら、みんなプレイしているのだ。振《ふ》り回されていても自分に合ったプレイスタイルを見つけ出して、プレイヤーたちはゲームで生き残るすべを身につけていく。そうして戦ってきたプレイヤーたちの攻撃はそれぞれに個性《こせい》があり、強力だった。

光也も能力の使い方に自分だけの特色を見出《みいだ》そうとしているが、まだそれは先のように感じる。

ハンカチを濡《ぬ》らし、患部《かんぶ》を冷やしながらトイレから出たときだった。

「――あっ」

トイレの入り口のところにさっき戦った魔法使《まほうつか》いの女の子が立っていた。

光也はペコリと頭を下げ、先を急ごうとすると、彼女が声をかけてきた。

「あ、あの……。傷《きず》はだいじょうぶですか？」

光也はうなずいた。

「いま、おヒマですか？」

彼女は気恥《きは》ずかしそうにそう訊《き》いてきたのだった。


「じゃあ、さっきの男の子は弟さんなんだ？」

「うん」

光也と女の子は駐車場に設置《せっち》してある自販機《じはんき》の隣《となり》に座《すわ》って話していた。

ブラウスとホットパンツという格好《かっこう》の彼女の名前は、『ミィ』。もちろん、ゲームの中だけで使っているHNだ。長い髪《かみ》を三つ編みにしていた。光也よりも頭ひとつ分低い背丈《せたけ》。

光也に向けてやさしそうな笑顔《えがお》を浮《う》かべていた。かわいい娘《こ》だと思った。

弟は『ユウ』というらしい。彼はいま、ビートとどこかに出かけているという。

軽い自己紹介《じこしょうかい》を交《か》わすうちに、彼女が光也と同じ歳《とし》ということがわかった。

「――で、オレに話って？」

相手がなかなか本題に入りそうになかったので光也の方から切り出した。ミィは頬《ほお》をかき、困《こま》ったように笑いながら口を開いた。

「なんというか……その……。ずっと見てたんだけどね」

「えっ……」

胸《むね》がキュンとした。そんな、まさかいきなり告白――

「あっ、変な意味じゃなくて」

と、両手を振られた。

「あっ……、わ、わかっているよ。もちろん……」

光也の声は少し上ずっていた。

「でね。気になっていたんだ。ダークくんさ……、バトルに勝っても、いつも遠くを見ているよね？」

確《たし》かに、戦いに勝ってもうれしくもなんともなかった。いつも虚《むな》しさを感じながら、胸のうちに生まれたある感情を否定《ひてい》していた。

「――そうだね。望んでこのゲームをしているわけじゃないし、早く抜《ぬ》け出したいっていう気持ちが出ているのかも」

苦笑《くしょう》しながら光也は言った。

「……そっか。嫌《いや》だよね。死ぬかもしれないし」

「ミィは、怖《こわ》くないの？　戦いとか」

「怖いよ、もちろん。当たり前だよ、だって死ぬかもしれないんだから。ここじゃそういうことないだろうけど」

やはり、ここにいるプレイヤーは誰だって恐怖心《きょうふしん》と戦ってクリアを目指しているんだ。改めてそう思った。

「でも、戦わなきゃいけないし……」

「どうして？」

光也が訊くと、ミィは微笑《ほほえ》みながらバトルフィールドのほうを見た。

「――親、いないんだ、私たち……。だからさ、二人で生きていくためにはお金とか必要なんだよ」

「親戚《しんせき》とかは？　いるんでしょ？」

光也の問いにミィは寂《さび》しげな表情へ変わる。

「よくあるでしょ、親戚中たらい回しっていうの……」

言葉が出なかった。ごく普通《ふつう》の家庭に生まれ育った光也は、そういうものを身近で聞いたことなど、テレビ以外ではなかったのだ。

「ほら、クリア報酬《ほうしゅう》って、大金とか、スゴイものだって言われているでしょ？　だから、弟と二人でクリアして、二人で家を買うの。それで、仲良く暮《く》らせたらイイかなーって。変かな？」

光也は頭を横に振った。

――メールを受信しちまったやつらにはなにかしらの共通項《こう》というか、ある素養があるみたいだ。

以前、堂島に言われたことだ。それが本当なら、この姉弟《きょうだい》もきっとゲームに選ばれたのだろう。だから、メールが届《とど》いた。

「ダークくんは、なにか欲《ほ》しいものがあるの？」

「――ッ」

一瞬《いっしゅん》、頭が白くなった。一番、答えにくい質問《しつもん》だった。自分の中に答えのない質問だった。別段、クリア報酬など、微塵《みじん》も欲しくもなく。ただ――

「オレは――」

「姉ちゃん」

声がした方を向くと、ミィの弟、ユウが近くまで来ていた。

「ビートさんが呼んでるよ」

少し離《はな》れたところにビートがいた。こちらに気づき、手を振ってきた。光也も頭を下げた。

「あっ、うん。ゴメンね、また今度——」

ミィは手を合わせて光也に謝《あやま》ると、弟と一緒《いっしょ》にビートのほうへ行ってしまった。

一人残された光也は天井《てんじょう》を見上げた。

ホッとしている自分がいた。答えなくてよかったと思う。

あのとき、なにを言おうとしたのか。自分がわからない。なぜ、ここにいるのか？　なぜ、溶《と》け込《こ》んでいるのだろうか？

こんなゲーム、一日でも、一秒でも早く抜け出したいのに……。

でも、ひとつだけわかることがある。それは、バカらしいこと。否定したい嫌なものだ。

ゲームでの戦いを楽しんでいる自分がいる。

勝利しても、込み上げてくる気持ちを抑《おさ》え、否定していた。本心では、心底喜んでいるくせに。

わかっているんだ。

自分がハマり始めていることに——。

光也は駐車場《ちゆうしやじよう》の柱近くで陣取《じんど》っている仲間のもとに戻《もど》った。

堂島はおらず、全身黒ずくめの紅葉がペタンと路面に腰《こし》を下ろして、本を読んでいた。

「あれ？　堂島さんは？」

「知り合いのパーティのところへ行ったわ」

と、本を見ながら紅葉は答えた。

「そっか」

堂島の姿《すがた》を見つけようとその場であたりを見回したあと、光也は紅葉と少し距離《きょり》を空けて座《すわ》った。

「痛《いた》ッ」

先ほどのウォーターガンでの攻撃《こうげき》が体中に響《ひび》いていた。軽いアザがいくつもできていた。持ってきていた薬箱から、湿布《しっぷ》を取り出し、患部《かんぶ》へと貼《は》ろうとするが、指に力が入らない。何度も路面に湿布を落とした。

ただの湿布ではないそうだ。この地下駐車場でバトルをするプレイヤーに配給されるアイテムのひとつで、魔法使いが作り出した特別な湿布らしい。作成後の数日間、外傷《がいしょう》を回《かい》復《ふく》させる効果《こうか》がある。光也はよくお世話になっていた。

効果は絶大《ぜつだい》だ。患部に貼ってから、早ければ数十分でダメージが嘘《うそ》のように消える。

とつぜん紅葉が本を閉《と》じて、落ちた湿布を拾った。

「……脱《ぬ》いで」

「へっ？」

いきなりそんなことを言われ、光也は思わず聞き返した。

「脱がなきゃ貼れないじゃない」

「で、でもさ」

女の子の目の前で脱いだことなどあるはずもなく、気恥《きは》ずかしくて躊躇《ちゅうちょ》してしまう。

「私、男の人の裸《はだか》なら見慣《みな》れているから、別に心配ないわよ」

ぎょっとした。そんな告白を自分よりも小柄《こがら》で年下のこの子から聞かされるとは思ってもみなかった。

人は外見ではわからない、と光也は痛感《つうかん》した。——が、

「変な想像《そうぞう》しないで。治療《ちりょう》になれているだけってこと」

顔を赤くして、紅葉は弁明《べんめい》した。

「あ、うん」

光也は上着を脱ぎ、患部を見せた。患部は赤くなっていた。紅葉はそっと触《さわ》った。

「――ッ」

光也の体はビクッと反応《はんのう》した。

「ゴメンなさい」

紅葉は手を引っ込めると、湿布のシートを剝《は》がした。

光也はドキドキしていた。紅葉の指が思いのほかひんやりとしていて、気持ち良かったからだ。そんなことを知られたら、きっと二度と治療してくれないだろう。光也は高鳴る鼓動《こどう》を必死で抑えた。

光也は湿布を貼られながら、ふと思った。

「……ねぇ。紅葉さんは――」

「『さん』はいらない。あなたのほうがひとつ上なんだし」

「じゃあ、紅葉……ちゃん、……キミはどうしてゲームをプレイしているの？」

さっきのミィとの話ではないが、気になった。紅葉とは同じパーティでもあるから、知っていても悪くないと思う。

紅葉は、一度光也を見た。

「目的ってこと？」

「うん」

「……そうね。同じパーティだもの。訊《き》きたくなるでしょうね」

「話すの、イヤ？」

紅葉は少し黙《だま》り込んだあと、口を開いた。

「――知りたいの」

「知りたい？」

「兄の……このゲームで死んだ兄が、このゲームになにを求めていたかを……それを知りたくて。メールがきて、慎太郎《しんたろう》くんに説明を受けて、そう思ったの」

「お兄さん？　お兄さんもこのゲームしていたの？」

「慎太郎くんから聞いてないの？」

紅葉に言われて思い出した。堂島の友人はこのゲームで死んだ、と。

「じゃあ、キミは妹さんなんだ？」

「ええ」

知らなかった。でも、これで堂島と紅葉の関係がやっとつながった。ずっと、気にはなっていたのだ。なぜ、二人はパーティを組んでいるのか？　さらにメンバーを探《さが》していたわけではなかったようだし、互《たが》いに妙《みょう》な信頼《しんらい》関係を築《きず》いているようだった。二人の間には、なにかあると思っていた。

「まだ、わからないけど……。クリアまではしてみるつもり。で、あなたはどうして？」

「ダメかな？　やっぱ、目標とか、目的とか、夢《ゆめ》とか、そういうのないと変かな？」

苦笑いして、光也は言った。きっと、目標などを持っているやつにとっては、自分など小さく見えるのだろう。いままで、そんなこと気にしていなかった。たまたま自分が夢を持たない人間だと思っていたからだ。

けれど、このゲームに参加し、ゲームからの案内自体に意味があると言われてから、ずっと考えていた。

自分が参加したのは、なぜだろう？

なぜ、メールを無視《むし》しつづけることができず登録してしまったのか？

「いいんじゃないの？」

「え？」

それは、予想外の答えだった。

「こんなゲームで目標とかできたとしても、たいがいはどうしようもないことだと思うし、目標なんてものは唐突《とうとつ》に生まれるものよ。大小関係なくね」

「そう、かな？」

「ここにいる全員が、突然《とつぜん》メールがきて、いきなりこんなゲームに巻《ま》き込《こ》まれてしまった。

プレイヤーはみんな、ゲームをしているうちになにかしらの目標を持つんだと思うわ。だから、神崎《かんざき》さんにもいつかやりたいことが生まれると思う」

わだかまりが少し解《と》けるような紅葉の言葉だった。それは光也の中のなにかに確かに響いた。

「──ありがとう」

「え、なに？」

声が聞こえなかったのか、紅葉が聞き返すが、光也は微笑《ほほえ》んだだけだった。

3

「最近、パーティごと狩《か》られる事件《じけん》が続出しているみたいだ」

個人《こじん》で動いている知り合いのプレイヤーから、そう言われたのは前日だった。

霧乃は、襲撃《しゅうげき》を受けていた。例の青一色の格好《かっこう》の連中だ。

学校の帰りに建設《けんせつ》中のビルの工事現場《げんば》近くで襲《おそ》われた。いつものように無闇《むやみ》やたらに襲い掛《か》かってくるだけではない、明らかに高レベルプレイヤーと戦うように考えられたパーティだった。

青い格好の若者《わかもの》たちのパーティは四人。

低レベルの者が二人、前衛《ぜんえい》で騎士《きし》、戦士だ。中堅《ちゅうけん》クラスが、一人。これは狩人《かりゅうど》。高レベルが一人、魔法使《まほうつか》いでサポート魔法を使用している。

後衛で高レベルのプレイヤーが低レベルプレイヤーを底上げするためのパーティ構成《こうせい》だ。レベルの高い魔法使いは、サポート魔法の効果も高い。サポート魔法でレベルの低い戦士、騎士たちの能力《のうりょく》を底上げさせる。これだと、パーティ四人で高レベルのプレイヤーと戦っても勝てる場合があるのだ。

実感したのは、すでにバトルを開始し、二、三攻防《こうぼう》を繰《く》り返したあとのことだ。霧乃のブレザーには、破《やぶ》れている箇所《かしょ》が生まれていた。

「魔女さんよぅ、いままで随分《ずいぶん》とやってくれたな。見ろよ」

チーマー風の若者は下卑《げび》た笑《え》みを浮《う》かべながら、自分の頬《ほお》の火傷《やけど》を見せた。

「あら、どこかで火遊びでもしたのかしら？」

嘲笑《ちょうしょう》するような笑みで霧乃は言った。笑みを浮かべていた若者は途端《とたん》に表情を憤怒《ふんぬ》に変え、木刀を握《にぎ》り締《し》めた。むろん、その傷《きず》は霧乃が少し前につけたものだ。

「クソアマが……ッ、ぜってぇに殺す！」

「そのあとは、お楽しみだよ～ん」

後ろから若者の仲間が軽い口調で続く。

「そう……。良かったわ。ここが、人気が少なくて」

安堵《あんど》するように霧乃は言った。工事現場は休みらしく、人がいなかった。

「おんや〜、おたく、意外と乗り気〜？」

ゲラゲラと笑い合う若者たち。

「いいえ、ここでなら遠慮《えんりょ》なくあなたたちを――」

霧乃の指が素早《すばや》く動いた。表情は冷笑に包まれていた。若者たちがゾクッと身を震《ふる》わせた瞬間《しゅんかん》――顔以外を氷に包まれ、氷柱と化していた。

「……氷漬《こおりづ》けにできるものね」

『You Win!』というメールが霧乃に届《とど》いた。一瞬で若者たちの電池を消滅《しょうめつ》させてしまう一撃《げき》だった。

「さようなら」

霧乃は冷笑を浮かべながら、若者たちを一瞥《いちべつ》した。――が、若者たちはすでに気を失い、ただの氷の柱と成り果てていた。

ため息をつきながら、工事現場を霧乃は出た。

（……彼らのリーダーが彼なら、これからは単独《たんどく》行動にも限界《げんかい》があるわね……）

霧乃が真剣《しんけん》に考えているときだった。

「あっ」

声が聞こえ、そちらを向くと制服《せいふく》を着た男子が立っていた。ケータイを持っている。

プレイヤー？　そう思ったときだった。――男子の顔に覚えがあった。

「あなた――」


パーティの待ち合わせ場所である都内のターミナル駅前には紅葉が先に到着《とうちゃく》していた。

紅葉は学校から一度帰宅《きたく》して、着替《きが》えていた。いつもの黒い格好だった。

近寄《ちかよ》りがたい雰囲気《ふんいき》を作り出しているが、なかにはそれを感じずに声をかけてくる若者もいた。
二、三話しかけて初めて彼女が自分とは違《ちが》うオーラを身にまとっているのに気づく。
紅葉は、確《たし》かに遊んでいる感じの女の子ではなかった。かといって、ガリ勉やお嬢《じょう》というわけでもない。

どこにでもいる平凡《へいぼん》な少女だった。

あのときまでは――。

「またせた」

　堂島が苦笑いで登場した。

　兄である雄二《ゆうじ》の友人。堂島慎太郎。生前の雄二と付き合いが長かったため、紅葉自身もむかしから世話になっていた。

　好意はあった。――が、それは恋愛《れんあい》感情ではなく、どちらかというと血縁者《けつえんしゃ》に寄せるような好意だった。もう一人の兄のように思っているのだと、紅葉自身は感じていた。

　堂島の方も下に兄弟がいるせいか、紅葉の面倒見《めんどうみ》が良かった。過保護《かほご》ではなく、年齢相応《ねんれいそうおう》の扱《あつか》いをした。それが、紅葉の信頼《しんらい》を得た要因《よういん》のひとつといえた。

　合流した二人は、残りの仲間である神崎光也を待った。その日にかぎり光也の登場は遅《おそ》かった。学校帰りの学生が次々と駅に入っていく。

「遅いな……」

　堂島はケータイの時計を見ながら、そう言った。

「――ねぇ」

「うん？」

　紅葉の呼びかけに堂島は答えた。

「もう一人、どうするつもりなの？」

　紅葉の問いは、『四人目の仲間をどうするか？』ということだった。

最近、非常《ひじょう》に危険なプレイヤー狩りが続出し、周りのプレイヤーたちは守りを固めるために一時的に、マックス人数の四人パーティを組んでいた。

堂島たちも例外ではなく、もう一人のメンバーを探《さが》していた。しかし、知り合いたちもすでにパーティに属しており、余《あま》っていたとしても二人や三人という状況《じょうきょう》だった。

堂島は時計から駅に入る人の波に視線《しせん》を移《うつ》し、答えた。

「どうするべきか……。オレも正直めどが立たないな」

「兄とパーティを組んでいたときも、こんな事件とかあったの？」

「ああ、そうだな。こういうのは一定周期ごとによくあったよ。悪い方向にゲームにハマった連中が、まるで自分たちが選ばれた勇者のように『イベント』を始めるんだ」

「イベント？」

「ゲームのRPGとかでよくあるやつさ。物語を進めるための出来事みたいなやつだ」

堂島はため息を挟《はさ》みながら続けた。

「現実だか、ゲームだかわからない状況だとな、そうやって区別がつかなくなるやつが出てくるもんだ。皮肉だよな、現実でゲームに影響《えいきょう》されて事件があって、ゲームのなかでゲームに影響されて事件が起きる。なにがなんだかわからなくなる」

「……兄さんは、どちらの事件で死んだのかな」

紅葉はそう言うと、顔を伏《ふ》せた。堂島はちらりと紅葉を見たあと、また人波に視線を移す。

「皮肉だな。ゲームなのに、このゲームには人を蘇《よみがえ》らせる魔法《まほう》がない」


それは光也にとって地下駐車場《ちかちゅうしゃじょう》での七度目のパーティ戦だった。

バトルフィールドを囲むギャラリーは、どよめいていた。

光也たちのパーティがフィールド内にいる。相手のパーティも立っている。――が、明らかに相手のパーティは動揺《どうよう》していた。

場を仕切るスタッフも始めていいものかどうか迷《まよ》っていた。

「――始めないのかしら？」

光也のパーティの一人が不敵《ふてき》にスタッフ――いや、この場の全員に言った。その言葉に、スタッフは急いで腕《うで》を上げた。

「か、開始してください！」

すぐさまスタッフはフィールドの外へ逃《に》げるように退出《たいしゅつ》した。

駐車場中に吹《ふ》き荒《あ》れるような風が出現し、

「きゃっ!」

「ぐわっ!」

悲鳴とともに相手のパーティ全員がフィールドを囲む見えない結界の壁《かべ》にたたきつけられた。

間もなくして、光也たちに勝利を告げるメールが届く。

ギャラリーたちは、シンと静まりかえっていた。

「『魔女エイブル』……」

ギャラリーの誰《だれ》とも知れない者が小さくつぶやくのが聞こえた。

このゲームに『魔女』と呼ばれるプレイヤーがいる。HNはエイブル。決してパーティを組まず、個人《こじん》のプレイで、ゲーム内で最強の一角として、多くのプレイヤーたちから畏《い》敬《けい》の念を抱《いだ》かれ、別世界のプレイヤーだと言われていた。

そのパーティに『エイブル』こと、霧乃静香が確かにいた。

それは、たまたまの出来事だった。

昨日、光也は堂島に「過激派《かげきは》の徒党《ととう》がプレイヤー狩《が》りを行っているようだ」と聞かされ、もしかしたらパーティを四人にしたほうがいいのかもしれないと言われた。地下駐車場に来ているプレイヤーたちも友好的なプレイヤーと期間限定の四人パーティを組む人が増《ふ》えていた。

光也たちもそれに倣《なら》おうとしたのだが、堂島の知り合いは最低でも二人組で、仲間と離《はな》れ離《ばな》れになるのを嫌《きら》ったため、四人目のめどが立たずにいた。

そんな矢先、光也は偶然《ぐうぜん》にも再《ふたた》び霧乃と出会った。二、三言葉を交《か》わし、光也は何気なく霧乃に訊《き》いた。

「うちのパーティに入ってくれないかな……?」

少し難《むずか》しい顔をしたあと、霧乃は首を縦《たて》に振《ふ》った。

知らなかったのだ。霧乃がこの『Innovate』で名が通っていることを。知って驚《おどろ》いた。彼女はクリア候補《こうほ》に上がるほどの実力者だったのだ。そのレベル、じつに九十三。まさにクリア寸前《すんぜん》だった。

彼女の実力を見て絶句《ぜっく》した。相手はこの地下駐車場でも名が知られた実力あるパーティだった。今日の戦いは、激戦《げきせん》が予想されていた——にもかかわらず、(手加減《てかげん》したうえで)たったの一撃で全員を倒《たお》してしまった。

相手のパーティも、まさか今日の戦いにエイブルが参加することなど露《つゆ》とも思っていなかっただろう。

桁違《けたちが》いだった。

駐車場の柱の下で陣取《じんど》っている光也のパーティに向けて、他プレイヤーたちの、『すげえ』だの、『本物だ』とか、『かわいいかも』など、霧乃への好奇《こうき》の視線《しせん》は尽《つ》きなかった。

絶対《ぜったい》にパーティを組まないことで有名だった『魔女エイブル』、人前に姿《すがた》を見せることが珍《めずら》しいことも相まって、まるでアイドルのように見られていた。だが、当の本人は他プレイヤーの反応《はんのう》など気にもしていなかった。

横で動じずに本を黙々《もくもく》と読んでいる紅葉を「胆《きも》が据《す》わっているな」と、光也は思っていた。

（しかし、光也くんがあの『エイブル』を連れてくるとはね……）

ヒソヒソ声で堂島が言ってきた。

（いえ、オレは彼女がそんな有名人だと全然知らなくて……）

（だからこそ、連れてこれたのかもなぁ）

と、腕を組みながら堂島は言った。

「──いいかしら？」

霧乃がパーティ全員を見渡《みわた》しながら、話を持ちかけてきた。

「ああ、すまない。例の話だね？」

　堂島の返答に霧乃はうなずいた。紅葉も本を閉じ、霧乃のほうを向いた。

「ええ。こうして手を組むことになったけど、それは期間限定だということ。今回のプレイヤー狩りの一件《けん》が解決したら、私は去るつもりよ」

「それはかまわない。――が、そう簡単《かんたん》にこの一件が解決するとは――」

「事件の首謀者《しゅぼうしゃ》に心当たりがあるわ」

　堂島の言葉を遮《さえぎ》るように霧乃は言った。パーティ全員が思いがけない霧乃の告白に驚いた。

「この手の徒党というのは、リーダーを倒《たお》せば自然と瓦解《がかい》するものよ。だから、この一件の首謀者を倒せば大きな事件は終わらせられるはずでしょ？」

「そりゃ、そうだろうけども……。しかし、その首謀者はかなりの実力があると思うんだが？」

　と、堂島。

「ええ、あの人は頭がキレるうえに戦闘《せんとう》の才能も秀《ひい》でていたわ。私一人では勝てないでしょうね。だから、あなたたちには短期間で成長して欲《ほ》しいの」

　霧乃の言葉に紅葉は手を挙げ、質問《しつもん》する。

「具体的には？　ここや路上で戦う？」

「ハイレベルな戦闘をここでしたら、あなたたちは二度とここで戦えないんじゃないかしら？　私はそれでもかまわないけど」

霧乃の言葉はもっともだった。保守的《ほしゅ》なここでは、霧乃に合わせた激《はげ》しい戦闘をすれば、『過激派《かげきは》』と言われ、出入りできなくなるだろう。

霧乃の言葉に光也は一人だけ顔を曇《くも》らせていた。

「――けれど、納得《なっとく》できない人もいるみたいね」

霧乃は光也を見て言った。グサリと光也の胸《むね》になにかが刺《さ》さった一言だった。

「いい場所をいくつか知っているわ。とりあえずは、私との模擬戦《もぎせん》かしらね。それで慣れればなんとかなると思うの」

霧乃の言った模擬戦とは、このゲームでのシステムのひとつだ。格闘ゲームで言うところの『プラクティスモード』である。電池の消費制限《せいげん》もなく、戦いあってもゲーム上の勝敗もつかない。むろん、ゲーム内の経験値《けいけんち》は手に入らない。――が、現実レベルでの戦闘の経験は手に入ると思っていいだろう。

堂島が初めて光也に出会ったときに能力を見せるのに使ったのもこの模擬戦だ。

不思議なシステムで、能力で戦いあった場合、能力で受けるはずの肉体へのダメージはない。パーティ内でメンバーと戦うこともできる。

回復魔法《かいふくまほう》だけは別で、傷《きず》ついたプレイヤー、破損《はそん》した物体には効果《こうか》があった。バトルフィールドの破損を戦闘後に直していたのはこれである。プレイヤーが直さなくても破損したものは、『Innovate』側が修復《しゅうふく》してくれているようだった。

このシステムを使用すると、バトル時と同様に一定の範囲《はんい》をゲーム専用《せんよう》の空間に変えることができる。実戦、模擬戦を問わず、ゲームに関すること全般《ぜんぱん》で、プレイヤーと一般人は接触《せっしょく》できないようにゲーム側に設定《せってい》されているのだ。

見知らぬプレイヤー同士では、模擬戦は一度しか使用できない——回復魔法の使用目的の場合、制限はない——このシステムも、パーティを組んでいれば、回数に限《かぎ》りはない。

実際《じっさい》、光也たちのパーティもバトルフィールドでの戦闘前に必ずやっていた。

「とりあえず、これからよろしくお願いするわ」

霧乃は改めて軽くあいさつをした。しかし、彼女の瞳《ひとみ》は光也たちではなく、すでに次の段階《だんかい》を捉《とら》えているようだった。


霧乃がパーティに加わり、数日が過《す》ぎた。光也たちは霧乃を中心とした模擬戦を深夜、人目のつかない場所で行っていた。

今夜は廃棄《はいき》された病院だった。

その二階の開けた場所で模擬戦は静かに始まった。パーティのリーダーである堂島がケータイを操作《そうさ》し、プラクティスモードにする。全員のケータイが力を持ち、ゲーム内仕様へと変貌《へんぼう》を遂《と》げる。

一対三。霧乃一人と光也、堂島、紅葉との戦いだ。

霧乃がケータイを打ち始めた。彼女の周囲を囲むように赤い炎《ほのお》の球体がいくつも出現する。その数はゆうに二十は超《こ》えている。異常《いじよう》だった。初心者はひとつかふたつ出現させるのが精一杯《せいいっぱい》。高いレベルのプレイヤーでも十いけばいいほうだ。霧乃の炎の数はケタが違《ちが》っていた。

霧乃が静かに手を前に出すと、炎の球体たちは三人のもとへと向かっていった。三人はかまえ、紅葉は素早《すばや》く力が注がれた矢で狙撃《そげき》する。炎の球体のひとつに矢が命中し、炎は四散して消えた――はずだったのだが、四散した炎のかけらは力を失わずに小さな火の球体群《ぐん》と化して紅葉へと再度《さいど》向かっていった。

すでに次の的へと照準《しようじゆん》を変えていた紅葉はいまだ消えない炎に驚愕《きようがく》した様子で、一瞬《いつしゆん》弓を射《い》るタイミングが遅《おく》れ、二射目の的を外した。

急いで三射目を放とうとしたとき、眼前《がんぜん》に迫《せま》っていた小さな火の集まりと炎の球体の群《む》れは紅葉を襲《おそ》った。ダメージも熱さも無い炎の攻撃《こうげき》だったが、いまので紅葉はゲーム的にはやられたことになった。

その数秒の出来事に光也は驚愕した。

堂島は力の注がれた拳《こぶし》で炎の球体を迎《むか》え撃《う》つように直接殴《なぐ》りかかった。光也も力が宿ったモップの棒《ぼう》――この病院に転がっていたものを拾って使用中――で直接迎え撃つ。

――が、インパクトの瞬間に炎が意思を持つように攻撃を避《よ》け、堂島の横腹《よこばら》、光也の腕《うで》に襲い掛かった。

その一撃をくらった勢いで、光也は連続で炎の球体を体中に受けた。これで光也もやられたことになった。紅葉がやられてから数秒の出来事だった。

――なにもできなかった……！

光也が悔《くや》しがる間もなく、堂島と霧乃の攻防が続く。

堂島はなんとか、それ以降の攻撃を避け、体勢《たいせい》を立て直す。何度か蹴《け》りや拳で炎を霧散《むさん》させたが、紅葉のとき同様に炎は小さな火の球体へ変わり、始末に終えない状況《じょうきょう》になってしまった。的が小さくて速いのでは当てづらいうえに避けにくい。

霧乃は炎の遠隔操作《えんかくそうさ》に慣《な》れているようだ。それも二十以上の数の炎を。炎を含《ふく》め、魔法で作り出したものを手元から放して操作するのは相当な技術《ぎじゅつ》とセンスを要する。感覚のない四肢《しし》を自在《じざい》に動かすようなものだ。たとえば事故《じこ》で足を失った人が、義足で歩けるようになるには相当なリハビリが必要だ。それを考えれば、霧乃の技術とセンスはずば抜《ぬ》けていることになる。

ゲーム内の能力《のうりょく》はある程度《ていど》同じでも、プレイヤー一人一人で個人差《こじんさ》が生じる。同じ魔法使いでも、炎が得意な魔法使いがいれば、氷が得意な魔法使いもいる。それなのに霧乃の場合は、ほとんどの魔法を苦手とせずに使いこなしていた。

テレビゲームのように、このゲームでも属性《ぞくせい》に対する補正《ほせい》はかかっており、炎の魔法が得意ならば、相対する氷や水の魔法が苦手になるのだ。

並《なみ》の使い手ではとても全属性を扱《あつか》いきれない。

この過酷《かこく》なゲームを一人で生きてきた結果なのだろう。そして、その力で彼女はクリアしようとしている。

光也はあれほど相手に苦戦している堂島を初めて見た。あのバトルフィールドで屈強《くっきょう》な戦士と知られた男が一人の女の子におされていた。

そうこうしているうちに炎は一箇所《かしょ》に集まり、巨大《きょだい》な炎と化す。

「受け止めてみる？」

霧乃が不敵《ふてき》に微笑《ほほえ》んだ。戦士である堂島相手に、これを受け止められるか？　と挑発《ちょうはつ》しているように光也には見えた。

堂島も口の端《はし》を上げた。

「おもしろい」

受けて立つように堂島は腰《こし》を低く構えた。

霧乃が腕を勢いよく前へ突《つ》き出すと、巨大な炎の塊《かたまり》はすさまじい速度で堂島へと向かっていく。

堂島はケータイを操作し、全身に力を注いだ。筋肉《きんにく》が盛《も》り上がり、力が形成されていくのがわかった。

鋼鉄《こうてつ》の筋肉の壁《かべ》と化した堂島に巨大な炎が真正面からぶつかっていった。

「くっ……」

堂島は炎に多少押《お》されながらも霧乃の炎を受け止めきっていた。それを締《し》めつける。しかし、炎のダメージを受けていないわけではないようだ。徐々《じょじょ》にではあるがケータイの電池は確実《かくじつ》に消耗《しょうもう》していくはずだ。炎が消えるか、ケータイの電池がなくなるか。

さらに堂島は炎を締め付ける。炎の勢いは徐々に消えていく。

堂島の顔がにやけた。

それを見て霧乃も笑みを見せた。いや、霧乃は堂島を見ていない――。

霧乃が堂島の後方へと視線《しせん》を向けていることに堂島も気づいた。そろりと霧乃が視線を向けるほうに堂島が顔を向けるとそこには二個目《こめ》の巨大な炎の塊が生まれていた。

それは霧散《むさん》した小さな火が集まり作り出されたものだった。

その炎の正体は堂島が霧散させた炎の球体が集まったものだった。堂島に破壊《はかい》され、霧散したあと堂島のうしろに静かに集まり、息を潜《ひそ》めて力を蓄《たくわ》えていたのだ。

「ハハ……。クソ」

苦笑《くしよう》する堂島の背中《せなか》にもうひとつの巨大な炎が襲《おそ》い掛《か》かった。

その攻撃《こうげき》で光也たち三人は霧乃に一撃も与《あた》えることなく負けた。


数日後――。

光也たちは地下駐車場《ちかちゆうしやじよう》にいた。

模擬戦《もぎせん》では死ぬことがないとはいえ、霧乃の実力は圧倒的《あつとう》で、三人が束になっても勝てなかった。

避《よ》けても追尾《ついび》してくる火球。足を絡《から》めてくる鎖《くさり》のような水溜《みずた》まりの水。知らぬまに四肢《しし》に張《は》り付いている氷。体が浮《う》くほどの風速の突風《とっぷう》。

霧乃はそのような攻撃を自在《じざい》に扱《あつか》い、魔法《まほう》の意外な扱い方を実戦《じっせん》で叩《たた》き込《こ》んできた。

魔法使いとの戦いでは、水場近く、火気、地面などに気を払《はら》わねばならないことを光也は身をもって覚えた。利用できる自然が近くにある場合、魔法使いはたくみに操ってくる。

ただし、懐《ふところ》に入れば魔法使いは普通《ふつう》の人と変わらないから、近接《きんせつ》戦の得意な騎士、戦士の一撃だけで倒すことも可能だ。懐に入った堂島が霧乃といい闘《たたか》いをした場面が何度もあった。結局、間合いを取られて魔法で一蹴《いっしゅう》されてしまったが。

魔法使いとの戦いにおいて当たり前なことをいままでの闘いで理解したつもりでいた光也だが、それはあくまでも実力が均衡《きんこう》した相手であり、レベルの高い相手には細心の注意だけでは不充分《ふじゅうぶん》であった。機転、適切《てきせつ》な瞬間《しゅんかん》の判断《はんだん》、枠《わく》にとらわれない自由な発想、相手の実力を凌駕《りょうが》する策を持たなければ自分よりも強い者には到底及《とうていおよ》ばない。

それをこの短い模擬戦の日々で光也は知った。

練習を終えた光也は、ヘトヘトになりながらも模擬戦後の地下駐車場でのパーティ戦をこなした。

フラフラになるまでレベルをプラスした光也は手洗《てあら》いで顔を洗うと、自販機《じはんき》前に座《すわ》った。

疲労《ひろう》を回復《かいふく》させる魔法はない。大怪我《けが》は回復できるのに、体力は無理なのだそうだ。おかげで家に帰ったら朝までぐっすりだ。

ふいに頬《ほお》に冷たい感触《かんしょく》。

「今日もずいぶんお疲《つか》れだね」

顔をあげるとミィが笑顔を浮かべながら缶《かん》ジュースをこちらに突き出していた。

「まあね」

光也はそういうとミィのジュースを受け取り、開けてくいっと一口クチをつけた。

ミィが奢《おご》ってくれるのは、いつも決まったリンゴのジュース。光也としては酸《す》っぱい柑《かん》橘《きつ》系《けい》のジュースのほうがいいのだが、この駐車場の自販機にはオレンジ、レモンといった柑橘系ジュースはなかった。一種類ぐらい、見ただけで味が予想できそうな黄色い缶の柑橘系ジュースがあってもいいようなものだが……。

あれから光也とミィはちょくちょく自販機の前で座りながら話していた。歳《とし》が同じせいか意気投合した。思えばこんなに女の子と自然に話せたのは初めてかもしれないと光也は感じていた。

「練習キツイ?」

隣《となり》に座ったミィがやさしく訊《き》いてくる。

「うん。まあ、でも日に日に強くなる感触はあるかも」

「『かも』なんだ」

そういうと、ミィは小さく笑った。

実際《じっさい》は、模擬戦の修行《しゅぎょう》はキツイ。しかし、なぜかミィの前では強がってみせていた。

話題は尽《つ》きなかった。学校でのこと、芸能人《げいのうじん》のこと、家族のこと。お互《たが》い触《ふ》れてはならないような暗い出来事も冗談《じょうだん》交じりで話せるようになっていた。もちろん、ゲーム内のことも話した。

そんなときに彼女は必ずといっていいほど、霧乃のことを訊いてきた。

「彼女はいままでどうやって戦ってきたのか？」とか、「なぜ一人で戦えたのか？」など。

そう訊くときの彼女の目は真剣《しんけん》そのものだった。そんなとき、光也は「ミィもこのゲームと戦っているプレイヤーの一人なのだ」と再認識《さいにんしき》させられた。

ミィは霧乃――エイブルに憧《あこが》れていた。同じ女性の身でありながら、少女という立場でありながら、この過酷《かこく》なゲームの中を駆《か》け抜け、強力な力を得たエイブル。そして、クリアに近いところまできている。

クリアして弟と幸せに暮《く》らしたいという真剣な夢《ゆめ》を持つミィにとっては、力を得ることは絶対《ぜったい》だ。少女と少年、姉と弟の力だけで切り抜けられるほどこのゲームは甘《あま》くはない。

だからこそ、ミィはその中を生き抜いてきた霧乃の生き方、戦い方に興味《きょうみ》があり、それを知って力にしたいのだ。ミィは一度霧乃に直接尋《たず》ねたが、断《ことわ》られた。

「私とあなたでは違《ちが》う」

霧乃の言い分はそれだけだった。光也からも頼《たの》んだが、聞く耳を持ってくれなかった。

だから、光也は自分が体で知ったことをこうやってミィに教えていた。

「オレさ、このゲーム外でもミィと会いたいな」

それは自分でもビックリするぐらい大胆《だいたん》な言葉だった。告白に近いものだ。でも、お互いゲーム内で戦っている身で、妙《みょう》な結束感、仲間意識《いしき》みたいなものが生まれていた。だから、その言葉はネットのオフ会の申し込みに近いものがあった。

ミィは少し考え込み、苦笑いを浮かべながら言った。

「私も会いたい。けどね、私はクリアしてからダークくんと会いたいかな」

そうだ。そうだった。自分たちはまだ、このゲームの住人に過《す》ぎない。ゲームの中でしか繋《つな》がりがない。そしてまだゲームに繋がれたままだった。

「そうだね。オレも、それが一番だと思うよ」

そうだ。まずは鎖《くさり》を外そう。

いまのままで会えば、きっと互いの背後《はいご》にこのゲームの闇《やみ》が見えるに違いない。

それは、いつもの模擬戦後《もぎせんご》におこなう地下駐車場でのパーティのやり取りのときのことだ。パーティ狩《が》りを行っている集まりを叩《たた》くための対策《たいさく》を練っていたさなか、霧乃は切り出してきた。

「戦力が整いしだい、この四人でパーティ狩りをおこなっているプレイヤーたちを倒《たお》しましょう」

霧乃は四人だけで戦い抜《ぬ》こうと言ってきたのだ。全員がその台詞《せりふ》に驚愕《きょうがく》した。

「そんな、ムリなんじゃ……。相手はきっと、そのリーダーを守ろうとするだろうし。あちらも強力な面子《メンツ》でパーティを組んでいるだろうから……」

消極的な光也。

「ヘタに大勢《おおぜい》で動くよりも少数精鋭《せいえい》のパーティで切り込んでいったほうがいろいろと都合がいいと思うの。それにあちらのリーダーも私が動いていることを知れば、直接顔を出してくるに違いない。正直、あなたたち以外で信用ができて、これほどの連携が取れるプレイヤーは皆無《かいむ》だわ。知り合いのプレイヤーたちは、あちらから襲《おそ》ってこないかぎり静観に徹《てっ》するようだし」

霧乃の言葉を堂島と紅葉は否定《ひてい》せずに黙《だま》って聞いていた。表情《ひょうじょう》は真剣そのものだ。

パーティでトレーニングを始めてから、パーティの連係プレーを強化してきた。様々な状況《じょうきょう》を想定してのトレーニングの結果、パーティは強固な信頼《しんらい》関係と力を手に入れた。

それを知らないプレイヤーを募《つの》って、連携を取ろうにも付《つ》け焼刃《やきば》だ。

光也と違い、二人は霧乃の提案《ていあん》を承諾《しょうだく》するぐらい胎《はら》が決まっている様子である。

――オレは……。

光也が気持ちを決めかねていたときだった。周りが妙に騒《さわ》がしくなった。霧乃に関してのことではない。

光也たちがそちらに目を向けた。

バトルフィールドではないところで人垣《ひとがき》ができているようだった。

「なんだ？」

堂島も腰《こし》を上げて、そちらを気にしていた。

霧乃は話を切り上げて、直感的なものなのだろうか、そちらへ向かった。堂島たちも霧乃に続いた。人垣を掻《か》き分けて、その中心を見ると、血だるまになった男が倒れており、魔法使《まほうつか》いプレイヤーから治療《ちりょう》を受けていた。

「どうしたの？」

霧乃が近くのプレイヤーに訊《たず》ねた。相手は霧乃《エイプル》だと気づき驚《おどろ》くが、

「なんか、例のプレイヤー狩りにあったって……」

「うがぁ……ッ！」

傷《きず》ついた男が激痛《げきつう》にうめいた。

みんなは彼が助からないことに気づいていた。それは、彼が手に持つケータイが破壊《はかい》されているからだ。どんなシステムであれ、戦闘中《せんとう》に受けたケータイのダメージだけは回復《かいふく》できない。

霧乃は傷ついた男に近寄《ちかよ》った。

「どいて」

霧乃は治療をしている魔法使いをどかせ、自分のケータイを打ち始めた。すると、霧乃の魔法による強く淡《あわ》い光が男を覆《おお》った。傷は見る間に消えていく。

「誰《だれ》にやられたの？」

やさしく男に問いかける。

「……大勢のプレイヤーが……青い……やつらに拉致《らち》られてて……。黒い……。……他にもビートたちが……まだ……」

男は壊れたケータイを見せる。そこには、地図のようなものが表示《ひょうじ》され、ある一点がピカピカと点滅《てんめつ》している。それに気づき、霧乃は自分のケータイを操作《そうさ》した。

男の口からビートの名前が出て、光也はミィと、彼女の弟を思い浮《う》かべた。確《たし》かに今日は見かけていない。

（まさか……）

嫌《いや》な予感が体中を走った。

「ありがとう……。もう、だいじょうぶだから……」

霧乃が聖母《せいぼ》のような微笑《ほほえ》みを男に送ると、男は静かに目を閉《と》じた。同時に男のケータイも小さな破砕音《はさいおん》を立てて四散した。男の体は緑色の淡い光に包まれ、しだいに分解《ぶんかい》していく。最後には光の粒子《りゅうし》と化して、男は消え去った。

「……これが、死ですか……？」

光也は呆然《ぼうぜん》としながら、堂島に問う。

「……ああ、いくつか例外もあるが、ゲームで死んだ大概《たいがい》の者は、その一切《いっさい》を記録とともに消し去られる。彼がいた事実と記憶《きおく》は、オレたちプレイヤー以外には、なかったことにされる。――ゲーム内での死は、すべての消滅《しょうめつ》だ」

堂島は静かに淡々《たんたん》と語った。

死ねば、ゲーム内どころか、社会的にも抹消《まっしょう》されてしまう。身内にすら、忘《わす》れ去られる。

それがこのゲームでの『死』――ゲームオーバーだった。

霧乃は立ち上がり、周りを囲むプレイヤーたちを一瞥《いちべつ》した。

「私と一緒《いっしょ》に拉致されている人たちを助けに行く人はいるかしら？　場所は登録したからサーチ魔法を使えばわかるわ」

霧乃の問いかけに、プレイヤーたちは目を背《そむ》けた。光也たちのパーティ以外、誰一人として、霧乃と視線《しせん》を合わせなかった。

霧乃はため息をつき、

「これは、確かに『ゲーム』よ。けれどね、戦うのはHNを持った分身でも、別人格《じんかく》でもないわ。『プレイヤー』？　いつまでゲームにいいように『設定《せってい》』され続けるつもりなの!?　ただのゲームをしたければ、家に帰ってゲーム機の電源《でんげん》でも入れなさい！」

霧乃はそう言い捨《す》てると、堂島に歩み寄り、

「ゴメンなさい。話はあとで。すぐに戻《もど》るから」

と、その場をあとにしようとしたが、堂島が腕《うで》を引いた。

「オレも行く」

と、笑顔で堂島は言った。となりの紅葉もうなずいた。霧乃は光也に視線を移《うつ》した。

初めてプレイヤーの死に直面したため、光也はショックでまともに反応《はんのう》できなかった。

『死』――ゲームオーバーの真実を初めて目《ま》の当たりにして、動揺《どうよう》を隠《かく》しきれなかった。

死んだら、消える……？

親からも、友達からも忘れられて、社会からなかったことにされる？

こんなゲームでゲームオーバーになっただけで、神崎光也という高校生が、この世から完全に消えてなくなってしまう。

光也はこのゲームの異常性《いじようせい》を改めて思い知った。

「ムリしなくていいわ。誰だって、本当はわかっているものね……」

寂《さび》しげな声で霧乃はやさしく微笑んだ。三人は、さっそうとこの場を去っていった。

とたんに残されたプレイヤーたちは、口々に霧乃の悪口を言い出した。

「……気にしなくていいさ。きっと、エイブルが片付《かたづ》けてくれる」

見知らぬプレイヤーが光也の肩《かた》をポンとたたき、そう言った。

――誰かが、どうせ解決する。

そうだろう。そうなんだろう。動かなければ、誰かが動いてくれる。だから、解決するんだ。それでいいじゃないか。『死』ぬんだぜ？　誰だって『死』が怖《こわ》い。『死』ぬことを承知《しようち》で動くほうが愚《おろ》かなんだ。

――平気だと思うなら、君をここに連れてきてはいないさ……。

――ゲームをしているうちになにかしらの目標を持つんだと思うわ。だから、神崎さんにもいつかやりたいことが生まれると思う。

――いつまでゲームにいいように『設定』され続けるつもりなの⁉

堂島たちの言葉が光也のなかでぐるぐると駆《か》け巡《めぐ》っていく。

「……オレは……オレは……」

――だから、弟と二人でクリアして、二人で家を買うの。それで、仲良く暮《く》らせたらイイかなーって。変かな？

――ダークくんは、なにか欲《ほ》しいものがあるの？

――私も会いたい。けどね、私はクリアしてからダークくんと会いたいかな。

（違《ちが》う……、そうじゃない……。『ダーク』なんかじゃない！）

「オレは、神崎光也だッ‼」

光也はそう叫《さけ》び、駐車場《ちゆうしやじよう》の出口に向かって走り出した。

まだ光也はミィの本当の名前を知らない。そして、まだ光也はミィに本当の名前を言っていない。君の名前が知りたい。オレの名前を教えたい。

些細《ささい》なことだ。些細なことだけれど、それがたまらなく悔《くや》しかった。

4

傷ついたプレイヤーが地下駐車場に姿《すがた》を現《あらわ》す二時間ほど前——。

港の使われていない倉庫で、二十名ほどの『青き円卓《えんたく》の騎士《きし》』のメンバーが拉致《らち》してきたプレイヤーたちを囲んでいた。

魔法使《まほうつか》いの作り出した強力な結界によって、プレイヤーたちは逃《に》げ出せなかった。囚《とら》われた者の数は四十名近く。なかには有名な強いプレイヤーやパーティも存在《そんざい》していたが、みんな、不安な面《おも》持ちでいた。

すでに空は闇夜《やみよ》に覆《おお》われている。月すら出ていない。

倉庫はがらんとしており、廃材《はいざい》しか置いていない。ドラム缶《かん》内で廃材を燃《も》やして作った炎《ほのお》が光源だった。

プレイヤーたちが囲まれている結界の前に青いスーツの男——アーサーが近づいた。

アーサーの青いコンタクトの双眸《そうぼう》が、プレイヤーたちをとらえる。その青い瞳《ひとみ》は感情を一切映《いっさいうつ》さなかった。

「やあ」

ニッコリと微笑《ほほえ》んでいるアーサー。

「オレたちをどうするつもりだい？」

ビートは恐《おそ》れる素振《そぶ》りも見せずに言った。

「なに、ちょっとした『イベント』をすることになったから、みんなに集まってもらったわけだ」

「集まった？　ふざけるな！　キミたちが無理やり――」

結界を突《つ》き抜《ぬ》けて、アーサーの蹴《け》りがビートの顔面に直撃《ちょくげき》した。ビートは鼻から血を噴《ふ》き出し、その場にひざをついた。

「まだ話は終わっていないよ？　ダメじゃないか、人の話は最後まで聞かなきゃ」

アーサーは微笑みを浮《う》かべながらビートの髪《かみ》の毛を引っ張《ぱ》った。結界から引きずり出し、

「ボコっていいぞー」

と、青い衣類に身を包む若者《わかもの》たちのほうへと放《ほう》り出した。瞬間《しゅんかん》、若者たちはビートを囲んで暴行《ぼうこう》を始めた。ビートの苦悶《くもん》の声が倉庫内に響《ひび》いた。

「ハハハ。ほらな、どんなに強いプレイヤーでも、ゲームの力が使えなければ、ただのクズだ。――けどな、知っているか？」

アーサーは恐怖《きょうふ》に震《ふる》えるプレイヤーたちに問いかける。

「『革新者《イノベーター》』をさ――」

アーサーの言葉にプレイヤーたちは互《たが》いの顔を見合わせた。

ウワサがあった。ゲームの能力《のうりょく》を現実《げんじつ》でも扱《あつか》える力を手にした者がいるという。しかし、

あくまでもウワサのレベルであり、実際《じっさい》に見た人間は皆無《かいむ》だった。

「だよな？　普通《ふつう》そうだ。そんなバカみてぇなウワサ、誰だって信じねぇ。――けどよ？　なら、なぜクリアした人間は姿を消すんだ？　死ぬ？　なわけねぇよな。身内が失踪《しっそう》したそいつらを捜《さが》しているって話だしよ。少なくとも『ゲーム』で『死』んだわけじゃないってことだ。……だから、知りたくなってさ」

アーサーは両手を広げた。

「最高じゃん？　ゲームの外でも力が使えるなんてな。確認《かくにん》したいんだよ。クリア後に、どうなるのかってさ。オレって、意外と臆病《おくびょう》だから、確認しないと先に進めないんだわ。ほら、攻略本《こうりゃく》を見ながらじゃないとゲームできないやついんだろ？　アレだ。――つーわけで、みんなに協力してもらいたいのよ、オレらのな」

「……き、協力？」

プレイヤーの一人が恐る恐る訊《き》いた。アーサーはニコリと笑い、

「そっ。テメェらに負けてもらいたいんだわ。わ・ざ・と」

と、指を振りながら、ふざけた口調で言った。

「そ、そんなっ！」

口々に非難《ひなん》があがった。当たり前だ。一刻《いっこく》も早くこのゲームを抜け出したい者が大半の

はずのプレイヤーたちが、わざわざ自分たちのせっかく上げてきたレベルを落とす真似《まね》などできるはずもない。

アーサーは親指を、リンチを受け、変わり果てたビートのほうに向けた。

「あーなるよ？」

そう言うと、プレイヤーたちは黙《だま》り込《こ》んでしまった。

「なーに、飯もトイレもくれてやるさ。ただ、バトルに興じて欲《ほ》しいだけっスわ。みんなだって、けっこうバトルしてて『気持ちイー！』とか思ったクチだろ？　いいじゃねぇか、それが無限《むげん》に楽しめんだぜ？　ゲームで言やぁバトルロイヤルみたいなもんだ」

そのとき、アーサーのケータイにメールがきたことを告げる着信音が鳴った。

「おっ。他のところでもある程度《ていど》集まったみてぇだな。よっしゃ、おめぇら」

『はい！』

アーサーの呼びかけに若者たちは返事した。

「オレはちょっと、他の場所に行ってくっから、まあ好きにしな。事件沙汰《じけんざた》は、ゲーム内でとどめとけよ？」

アーサーの言葉に、若者たちは笑った。

アーサーは去り際《ぎわ》に拉致されてきたプレイヤーたちのほうを見た。彼らは恐怖に彩《いろど》られた表情《ひょうじょう》を浮かべている。

「ま、『ゲーム』だし、いいじゃん」

アーサーはそう言い残し、去っていった。

アーサーが去ったあと、『イベント』が始まった。

強いプレイヤーに対して霧乃を襲《おそ》ったときのパーティ内容《ないよう》（弱い前衛《ぜんえい》2、中堅《ちゅうけん》1、高レベルの魔《ま》法使《ほうつか》い1）で挑《いど》む。危《あぶ》なくなったら、外から戦闘《せんとう》をしていない青い服の若者たちが物を投げたりして、邪魔《じゃま》をしてくる。ゲーム内の力はゲームの戦闘をしていない人たちには効果《こうか》がない。——が、ゲームの力以外のものは別だ。ダメージはないが、効果はあるのである。

ヒドイときには、パーティ内の仲間を人質《ひとじち》に取り、わざと派手《はで》な戦いにさせて、そのうえで負けさせる。そして、大量の経験値《けいけんち》を手に入れる。

パーティ戦も同様なやり方で経験値かせぎをさせている。

彼らに躊躇《ちゅうちょ》はなかった。アーサーの目的、それは自分を崇拝《すうはい》している部下を何人かクリアさせ、クリア後にどうなるか確認させること。そして、クリア後にも能力を使えるかどうとしているのだ。それが確認できたら、現実レベルで行動に移《うつ》そうと思っているのだ。

青い衣類の若者たちはアーサーを深く崇拝していた。目的も夢《ゆめ》もない若者たちにとって、頭がキレ、力も桁違《けたちが》いに強く、なにかを内に大きく秘《ひ》め、若者たちの存在を認《みと》め、導《みちび》こうとしているアーサーは魅力《みりょく》的だった。彼らはアーサーに惹《ひ》かれ、群《む》れをなしていったのだ。群れを手足のように操《あやつ》るアーサーは悪意のカリスマと言えた。

理不尽《りふじん》なバトルを繰《く》り返しているさなか、『青き円卓《えんたく》の騎士《きし》』がいる倉庫の入り口に人影《ひとかげ》がふらっと現《あらわ》れた。

黒いシャツに、黒いズボンを着た線の細い男。

若者《わかもの》の一人が気づき、

「んだ、テメェは！　なに見てんだよ！」

威嚇《いかく》するように声を張《は》り上げた。男は、薄《うす》く口を開け、冷たく微笑《ほほえ》んだ。

光也が、先に出た霧乃たちにすぐ合流し、そろったパーティは模擬戦《もぎせん》モードにし、霧乃がサーチ魔法を使って、プレイヤーたちが囚《とら》われている場所に急いだ。

サーチ魔法とは、いわば地図だ。ゲーム内で公《おおやけ》に登録されている場所が表示《ひょうじ》される。目的地に照準《しょうじゅん》を合わせればそこまで導いてくれる、ナビのような性質《せいしつ》の魔法。

霧乃のケータイ画面には地図が表示され、港近くの倉庫を示していた。先ほど死亡《しぼう》したプレイヤーが最期《さいご》に教えてくれた。

堂島が、「紅葉の友達を送ってきます」という口実で紅葉の家で車を借り、倉庫まで移《い》動《どう》した。

港の目立たないところに位置している倉庫。近くで車を止め、近づいてみるが、人の気配を感じない。

霧乃が手から淡《あわ》い光を作り出し、それを光源《こうげん》にしてパーティは闇《やみ》の夜道を歩き出した。

光也は木刀を手にし、堂島は臨戦態勢《りんせんたいせい》、紅葉も弓矢を手にしていた。

しばらく進み、先頭を行く霧乃は足を止めた。

「――ここだわ」

目の前の倉庫に目を向けた。

光也は生唾《なまつば》を飲み込んだ。リアルでの戦闘、つまり喧嘩《けんか》も覚悟《かくご》していた。木刀にしたのは、その意思の表れだ。地下駐車場《ちかちゅうしゃじょう》ではなく、外で戦闘する以上、相手も自分も覚悟を決めて戦わなくてはならない。

しばらく、物陰《ものかげ》に身を隠《かく》して倉庫の様子見をするが、やはり人の気配を感じない。開かれた扉《とびら》からは、光がこぼれているのだが……。

光也と堂島はパーティでも前衛ということもあって、中の様子を見に行くことにした。いつバトルが始まっても後衛からサポートが来る。

音を立てずに近づいていき、扉の陰に隠れ、恐《おそ》る恐る中に目を向ける。しかし、ドラム缶《かん》の炎《ほのお》だけが上がり、人影がない。

堂島と目が合い、うなずきあった。

堂島は近くにあった手ごろな石を中のほうへ軽く投げ込む。石は空しく音を立てるだけで、中から反応《はんのう》はない。――と、

「……あっ……」

消え入りそうな声が聞こえてきた。声のほうに光也が顔を向けると、

「……ミィ？」

ミィが倒《たお》れていた。光也は中の様子などおかまいなしに彼女のもとへ走り寄った。彼女は血まみれだった。光也は抱《だ》き寄《よ》せた。

「……ダークくん？」

「ミィ！　どうしたの！　いったいどうしたのさ！」

ミィは両手にケータイを手にしていた。片方《かたほう》の手のケータイにミィは視線《しせん》を移《うつ》し、

「……ユウ……勇太《ゆうた》を……守れなかったよ……」

そのケータイは、画面のパネルの部分しかなかった。もう片方の手のミィ自身のケータイも、酷《ひど》い有様だった。助からない。瞬間《しゅんかん》、光也にもわかった。駆《か》け寄ってきた堂島も、彼女の状況《じょうきょう》がわかったようだ。

「……黒い……黒い服の人に気をつけて……ヴァン……パイアだから……」

「霧乃さん！　回復魔《かいふくま》法《ほう》を！」

霧乃は周りを確認《かくにん》したあと、彼女のもとに駆け寄ってきてくれた。彼女は回復魔法を発動してくれる。回復は無駄《むだ》なのだと霧乃の表情からうかがえた。

せめて、逝《ゆ》くまでの間、痛《いた》みを和《やわ》らげるように。こんな狂《くる》ったゲームで苦しみながら逝かせるのは悲しすぎるから。

やさしく淡い光がミィを包み込んだ。

「温かい……」

血にまみれながら、彼女は安らかな笑《え》みを浮《う》かべた。

「……ミィ……オレは……オレは」

光也が言いかけるなか、ミィの体は淡い緑色の光に包まれてゆき、少しずつ光也の体から彼女の重さが消えていく。そして、溶《と》けるように彼女は粒子《りゅうし》となって、空に消えた。

必死に生き抜《ぬ》こうとした彼女が消えた。生き残って、弟と幸せに暮《く》らそうとした夢《ゆめ》も消えていった。

「これは……」

最後に中に入ってきた紅葉は、倉庫の中の有様に言葉を失っている様子だった。倉庫の路面に数十もの破壊されたケータイが転がっている。それだけしかなかった。

手に残る喪失感《そうしつ》。光也は涙《なみだ》を流した。

甘《あま》い考えで、夢も持たない自分が彼女の最期を看取《みと》った。いや、夢は少し前に生まれていた。小さなものだったが、確かに生まれていた。

――ミィに自分の本当の名前を教えよう。HNではなく、『ダーク』ではなく、神崎光也の名前を教えよう。

それは、友達に、知り合いに教えるあいさつ程度《ていど》のことだ。

――外で会おう。ゲームの外で。自由なままで。何事もなく、ただの友達として。

「……クソ、オレは……オレは君の本当の名前も知らないのに……」

もう、叶《かな》わぬ願いだった。

Last Chapter 3 upset.

その日もまた豪雨《ごうう》だった。雨は、止《や》む気配など微塵《みじん》も見せずに一方的に強く降《ふ》り注ぐ。激流《げきりゅう》と化している川。その河川敷《かせんじき》に、デュラハンたち三人がいた。

人を殺した。

彼らの近くには黄色いレインコートを着た男性《だんせい》が横たわっていた。血が腹部《ふくぶ》から噴出《ふんしゅつ》し、血が雨に流れていた。

呆然《ぼうぜん》と立ち尽《つ》くすデュラハンとウィリアムのかたわらで、タスラムは静かに笑い出した。

「……どうした？　なんで罪《つみ》を感じているんだ、おまえら。オレたちは目標のために、夢のためにどんなことでもやるって誓《ちか》い合ったじゃないか？」

タスラムの手には真っ赤に染《そ》まったナイフが握《にぎ》られていた。ウィリアムはたまらずにひざをつき、その場で嘔吐《おうと》した。デュラハンはタスラムをねめつけた。

「なぜ……、なぜだ？　殺す必要なんてなかったはずだ！」

「じゃなければ、オレたちは殺されていたんだぞ！　信じられるか？　やつは！　あの男は、ゲーム外だというのに使ったんだぞ！　力を！」

タスラムはそう言うと、頭を手で押《お》さえ、狂気《きょうき》的な笑みを浮かべた。

「なに、これも『ゲーム』の一部さ……。そうさ、『イベント』だ。クリア寸前《すんぜん》のオレたちに向けて、ゲームが用意してくれたんだ……。そうさ、そうに決まっている。ハハッ」

豪雨のなか、タスラムの声は雨音に掻《か》き消され、ほとんど聞こえない。いや、デュラハンたちが無意識《むいしき》に聞こえないふりをしているだけなのかもしれない。

豪雨は、レインコートの人物を掻き消すことはなかった。彼は死んでも淡い光を立てて消えなかった。

彼から流れる血は『現実』で、タスラムが手に持つ刃《やいば》は『本物』だった。

Chapter 3 epilogue.

1

倉庫には、数多くの破壊《はかい》されたケータイしかなかった。

青い服を着た彼の仲間たちは、壊《こわ》れたケータイの前で泣き、叫《さけ》び、怒《いか》りに打ち震《ふる》えていた。

拉致《らち》したプレイヤーたちとバトルロイヤルのようになった？　いや、それにしては、倉庫内の乱《みだ》れが少ない。バトルで生まれるはずである周囲の破壊があまり見つからない。

（——強大な）

アーサーは冷静にここでなにが起きたのかをいちおう分析《ぶんせき》していた。しかし、答えなど見えている。それを考えると、薄《うす》く笑った。

「アーサーさん！」

若者《わかもの》に呼《よ》ばれる。見れば若者たちは、怒りに満ちた表情を浮かべていた。仲間意識の強い彼らにとって、仲間の『死』は強い憤《いきどお》りなのは当たり前だ。

「やりましょう！　こんなことしたヤローを許《ゆる》せるわけがねェーッ！」

「そうだ！　絶対《ぜったい》に許せねェ！」

若者たちは口々に怒りの声を張《は》り上げた。

「――わかっているさ。これをやったやつもな。おそらく、PKだろ。おい、おまえら」

『はい！』

「計画を少し変更《へんこう》だ。PK狩《が》りも行う。怪《あや》しいやつは片《かた》っ端《ぱし》から、『城《しろ》』に連れて来い！　拒否《きょひ》ったやつは、ボコってでも絶対に連れて来い！」

『はいッ!!』

若者たちは目の色を変えて倉庫を素早《すばや》くあとにし、各地に散っていった。

一人残ったアーサーは倉庫内をぶらつく。

彼は耐《た》えていた。必死に自分の感情に耐えていた。

足元になにかがぶつかった。ケータイだ。自分の仲間の物かもしれない。そう考えると、おかしくて仕方なかった。

「……ハハハッ、ハーハッハッハッハ――ッ!!」

ついには耐えられずに大笑いをし始めた。

おかしくてたまらなかった。ここまで予定通りだとは。

動き出した。彼の計画通りに目的のモノは動き出したのだ。

そう。そうだ。これでいい。『青き円卓《えんたく》の騎士《きし》』？　そうだ、円卓にいるのは騎士『たち』ではない。あくまで円卓の『騎士』だ。最初からオレだけだ。

「オレ以外はただの経験値《けいけんち》に過《す》ぎないんだよ。至高《しこう》のテーブルにつくのはオレだけでいい。そう、オレだけで――」

倉庫内に彼の狂《くる》った笑いが響《ひび》き渡《わた》った。

2

葬式《そうしき》というのに彼女が参列したのは、そのときが初めてだった。

生まれて一度も、身内や知人の『死』に遭《あ》ったことがなく、しいて言えば飼《か》っていた犬が小学生のときに死んだぐらいだろう。

幸せ――そういう部類の人生だったのかもしれない。

兄が死んだ。

紅葉《もみじ》は経《きょう》を唱える僧侶《そうりょ》にほど近い遺族席《いぞくせき》から兄の遺影《いえい》を見た。

京本雄二《きょうもとゆうじ》――紅葉にとって、やさしい兄だった。紅葉は兄が好きだった。

いつも紅葉に対して笑顔を見せていた気がする。

遺体の兄の顔は、信じられないほどにキレイだった。本当に死んだのだろうか？　そもそも死人の顔というものをほかに見たことがない。だから、比《くら》べられるはずもないが、それでも兄・雄二の顔はキレイだった。

兄の遺体を自宅《じたく》に届けてきたのは、黄色いレインコートを着た人物らしい。紅葉はちょうどその時間帯に出かけていた。

「すみません」

そう一言だけ残して、レインコートの男は去っていったという。

死因《しいん》は不明。ただ、心臓《しんぞう》が止まり、息をしていない。それが『死』らしい。

驚《おどろ》くことに、事件《じけん》にならなかった。話題にすらならない。

ただ、『死』んだことになったのだ。

誰《だれ》も疑問《ぎもん》に思わないのか？　紅葉は怒《いか》りを通り越《こ》して、疑念にかられた。

なぜ？　なぜ、兄の『死』に誰も疑問を持たない？　母も父もただ泣くだけ。知人も親《しん》戚《せき》もただ泣くだけ。

誰も、なぜ死んだのかを問わない、訊《き》かない、しゃべらない。まるで、自分だけが除《の》け者のように存在《そんざい》しているかのようだ。

紅葉は葬式の席で沈《しず》んだ顔をしていただけで、泣いていないからだ。人から見れば、薄《はく》情《じょう》な妹と思われるだろう。良く見られたとしても放心状態《じょうたい》と思われるぐらいだろうか。

(私は異常《いじょう》な妹なのかな……)

そう思う自分もいる。それともその逆《ぎゃく》でやはりみんながおかしいのか？

葬式が終わり、紅葉は兄と一番親交が深かった堂島慎太郎《どうじましんたろう》に問うた。

「兄は、なぜ死んだのですか？」

堂島は、一瞬《いっしゅん》目を見開き、そのあと哀《かな》しげな目で紅葉を見つめた。

「そうか、キミも――」

紅葉のケータイに不思議なサイトのＵＲＬが記載《きさい》された不思議な内容《ないよう》のメールが来たのは、兄・雄二の死んだ次の日だった。

『お兄さんもプレイしたゲームをしてみませんか？』

メールにはそう書かれていた。

いまからちょうど一年前、梅雨《つゆ》の時期の出来事だった。


「私たち、外で戦うかもしれない」

ミィと死ぬ直前に出会ったとき、光也《みつや》はそう告白された。

ちょうどそのころ、外ではプレイヤー狩《が》りが数多く出現《しゅつげん》して、健全に囲いの中で戦っていたプレイヤーたちは対処《たいしょ》方法を考えて探《さが》すのに躍起《やっき》になっていた。

ほとんどの人たちが『どうやって逃《に》げるか？』に重点を置いていた。光也もそのときは真剣《しんけん》にその話題に耳を傾《かたむ》けていた。

ミィは、健全なプレイヤーのビートを何とか「外で戦おう」と説得していた。

彼女は早くクリアをしたかったのだ。少なくとも、あの地下駐車場《ちかちゅうしゃじょう》で一番この『ゲーム』を本気でプレイしていたのだろう。必死に目標のために戦っていたのだ。

光也は彼女を止めた。危《あぶ》ない、と。

彼女は、「ありがとう」と笑い、「でも、ユウが中学にあがるまえにクリアしたいんだ」と強い瞳《ひとみ》で返した。その瞳は、堂島や霧乃《きりの》の瞳と同じだった。彼女は霧乃に憧《あこが》れ、彼女のような選択《せんたく》をした。

だが、彼女は『死』んだ。外で戦うことを選択して『死』んだ。彼女は霧乃にはなれなかった。

地下駐車場にいる他のプレイヤーたちは、「バトルフィールドから出たからだ」と言う。

バトルフィールドで戦うのがいいのか、路上で戦うのがいいのか、どちらが正しいかは光也にはわからなかったが、彼女がこの世に存在《そんざい》したという記憶《きおく》は、もうゲームをプレイしている人たちの心の中にしかない。

もう、世間的には彼女はいないのだ。彼女を知ることは永久《えいきゅう》にできない。

『死』——ゲームオーバーには例外もある。紅葉の兄で、堂島の友であった、亡《な》くなった『京本雄二』。堂島の話ではゲームの外でPKに殺されたのだという。外でプレイヤーに殺された者は消されずに死体が残る。その際《さい》、死因について一般《いっぱん》の人は知ることができない。遺族は、死んだという結果をただ悲しむことしかできなくなってしまうのだ。

このゲームでは、プレイヤー以外の人にはゲームに関することを伝えることができない。メールで教えようとしても、メールは送れない。紙に書こうとしても、手が止まり、筆が進まない。口で言おうとしても、言葉が出ない。誰かが、プレイヤーを縛《しば》っている。その呪縛《じゅばく》は、『クリア』を成し遂《と》げないかぎり解《と》けない。唯一《ゆいいつ》できるのは調べることだが、調べたところでなにもわからない。このゲームは実社会では存在しないことになっているからだ。

早い話が、呪《のろ》われてしまったのだ。

そう、クリアするまで——。

光也は、机《つくえ》に置いてある壊《こわ》れたミィとユウのケータイを見つめた。ケータイは何も映《うつ》さない。何も発しない。もう、機能《きのう》していないのだ。

光也は木刀を釣《つ》りの竿《さお》入れに入れた。

消極的な自分を殺し、前へ動かなければならない。知りたくなった。

ミィはなぜ死ななければならなかったのか？　このゲームの『死』とはなんだ？　いや、それ以前にこのゲームはなぜ存在するのか？

彼は、このゲームを知ろうと心に決めた。それが、いまの光也の『目標』だった。そして、闇夜《やみよ》の戦場へと歩き出した。

きっと、何かに『ハマる』とはこういうことなのかもしれない。

自分がこのゲームにハマったと気づいたとき、すでにアーサーは人を殺していた。大したことはない。ただ、パーティを組んでいるときから気に入らなかったからだ。だから、パーティを解散《かいさん》してすぐに殺した。自分にゲームでの生き方を教えてくれたプレイヤーをだ。

そのプレイヤーはケータイを壊した瞬間に、息が途絶《とだ》え、光となって空に消えた。

彼の『死』を『ああ、ゲームみたいだ』と思った。不思議と殺したことへの罪悪《ざいあく》感はなかった。ネットゲームでPKをしたときの気分に似《に》ていたからかもしれない。

ゲームを始めてしばらくしてからわかった。このゲームは、『オレ向きだ』と。あるレベルを境《さかい》に、レベルの差を感じさせない戦い方ができるようになった。それまではとにかく様子見をして、徹底的《てってい》にこのゲームのシステムを洗《あら》った。隅々《すみずみ》までだ。

同じパーティに属《ぞく》していた魔法使《まほうつか》いも、かなりののみ込みの速さだったが、自分ほどではなかった。ひとつひとつの事柄《ことがら》に慎重《しんちょう》さを持って当たったことで、その魔法使いにはよく「臆病者《おくびょうもの》ね」と笑われた。

全《すべ》てを把握《はあく》し、『このゲームは、怖《おそ》ろしいというほどのものではない』と理解《りかい》できたとき、すでに自分が戦闘《せんとう》で『死』ぬという概念《がいねん》は裡《うち》から消えていた。——あるとすれば、自分を知っているその魔法使いの存在《そんざい》だろうか？　最近、知らないやつとパーティを組んだとウワサに聞いている。

ゲームでの生き方を得たとき、次の興味《きょうみ》が湧《わ》いた。

『クリアするとどうなる？』

それが、唯一の気がかりとなった。

このゲームを始めてから、誰がクリアしたかなどの情報《じょうほう》はケータイを通して知っている。

——が、クリア後の情報は一切《いっさい》わからなかった。

むかしから、わからないことが一番の恐怖《きょうふ》だった。知らなければ先に進めない臆病な性格——よくこれで若者《わかもの》たちのボスが務《つと》まると思う。

けれど、知っているからこそドロップアウトした連中の上に立てたのかもしれない。連中が強がっているのは、弱さを見せたくないからだ。

半年経《た》ったころ、すでに感覚は麻痺《まひ》していた。自分以外のプレイヤーがただの経験値《けいけんち》にしか見えなくなってきていた。プレイヤーを見るたびに倒《たお》し方を想像《そうぞう》し、戦略を練っている。

わかっている。それは、心底自分が臆病だからだ。誰も信じられないからこそ、不安に感じる。だから、相手を殺そうと思ってしまう。

自分は狂気《きょうき》に満ちている。それを認識《にんしき》していることが、自分の狂気を抑《おさ》えこむ唯一の方法だと思っていた。

深夜の公園、アーサーは噴水《ふんすい》の縁《ふち》に腰《こし》を下ろしていた。小雨《こさめ》が降《ふ》っている。噴水近くでの小雨は気分が良かった。

水気が、自分の狂気を覆《おお》いつくし、冷ましてくれているようで、気分がいい。

——が、アーサーはふと人の気配を感じた。

「誰だ？」

前方を見据《みす》える。

すると、黄色いレインコートを羽織《はお》った者が姿《すがた》を現《あらわ》した。フードを深く被《かぶ》り、顔はわからない。

その姿《すがた》を見て、アーサーは軽く笑った。

「――そうか、ウワサは本当で、ついにオレも『範囲内《はんいない》』に入ったわけだ？」

『自分のしていることがわかっているのか？』

ボイスチェンジャーで変えたレインコートの人物の声は、怒気《どき》を含《ふく》んでいた。

「ああ、わーってるさ。でもな、あんたやあいつが動き出しているってだけで十分だ。なあ、どっちなんだい？」

『なにがだ？』

「『革新《かくしん》』したほうは？」

アーサーの問いに、レインコートの人物は口を閉《と》ざした。

「――まあいいさ」

アーサーは肩《かた》をすくめた。瞬間《しゅんかん》――風きり音が響《ひび》いた。レインコートの人物は、とっさに身を屈《かが》めた。刹那《せつな》、破壊《はかい》音も公園に響く。

レインコートの人物の後方に立ち並《なら》んでいた木々がすべて真っ二つにされていた。

アーサーは、先端《せんたん》に五円玉のついた長い糸を手にしていた棒《ぼう》に絡みつけ収納した。それは、ケータイのストラップをつけるところから伸《の》びていた。糸は幾重《いくえ》にも重ね束ねられ、紐《ひも》のようになっていた。ケータイを持って、糸の先にたらした五円玉の遠心力で振《ふ》ったのだ。

「やっぱりな。あんたに対してゲーム内の力を使える――。そして、あんたもか」

アーサーのうしろにあった噴水は、ものの見事に破壊され、水の柱を噴《ふ》き上げていた。アーサーが仕掛《しか》けた瞬間、あちらもなにかを放《ほう》るのが確認できた。すんでのところで避《よ》けたが。

「――狩人《かりゅうど》、ね。あんたはケータイを使わずに力を使った。やはりクリア後にも力が扱《あつか》えるってわけだ？」

くくく、とアーサーは含みのある笑《え》みを見せた。

『次はない』

レインコートの人物はそれだけ言うと、その場から立ち去っていった。アーサーはレインコートの人物を見送ると、自身の髪《かみ》をかき上げた。その場を離《はな》れ、公園を出ようとしたときだった。ケータイが鳴った。自分の部下からだ。

「どうした？」

出ると、電話越《ご》しに激《はげ》しい破砕音《はさいおん》が聞こえてきた。同時《つ》に悲鳴も上がっている。

『アーサーさん！　やつは、やつは……ッ！　どういうことですかッ⁉』

その言葉だけでアーサーは理解した。口の端《はし》を大きく上げた。

「ありがとうよ――。おまえらは、オレのためによくがんばった」

『アーサーさん！　アーサーさん！　助けてくれ！　お願いだ！　まだ死にたく――』

ブツッ。ツーツー。

ボタンを切ったアーサーは、ベートーベンの『運命』を口ずさみながら、自宅《じたく》へ向かって歩き出した。

「『黄色』か。いろいろと面倒《めんどう》くさいポジションだな」

そうポツリと漏《も》らしながら。


この少しあと、全プレイヤーにゲームから、いくつかの連絡《れんらく》が届《とど》く。

『プレイヤー・アーサーのパーティとその関係者が、ＰＫをおこなっています。腕《うで》の未熟《みじゅく》なプレイヤーは十分に気をつけましょう』

『プレイヤー・アーサーがＰＫをおこなっています。腕の未熟なプレイヤーは十分に気をつけましょう』

そして――

『謎《なぞ》のプレイヤーが、ＰＫをおこなっています。大変に好戦的であり、強力です。初心者はもちろん、上級者の方々も十分に気をつけましょう』

アーサー自身もＰＫをやっているということだろう、とプレイヤーたちは理解するだろう。

しかし確実にわかるのは、脅威《きょうい》がゲーム内のプレイヤーたちを震《ふる》え上がらせているという事実。

それらの事柄《ことがら》がつながっていることは、アーサーしかまだ知らない。

いや、彼にとっては最初からひとつの出来事なのだ。

3

ケータイを晒《さら》け出すだけで、生命の危機《きき》を覚える――そんなことがまかり通る世界に光也は足を踏《ふ》み入れていた。

ＰＫ戦――雨の中、初めてのＰＫとの戦いだった。

なんの変哲《へんてつ》もない青年は、戦闘《せんとう》に入った瞬間、人が変わったように殺気を放ってきた。

魔法使《まほうつか》いなのだが、魔法の威力は地下駐車場《ちかちゅうしゃじょう》のプレイヤーとは段違《だんちが》いで、気を抜《ぬ》けば一発で電池を消費し、倒《たお》される。

むろん、相手はそんなつもりはなく、あくまでケータイそのものを壊《こわ》そうとしてくる。霧乃が攻撃《こうげき》を変えようと、ケータイを手に持つが、そのときの貪欲《どんよく》なまでのケータイへの執拗《しつよう》な攻撃は、路上の戦闘経験《けいけん》がなかった光也を驚《おどろ》かせた。

堂島や霧乃たちに何度も助けられていた。

とくに霧乃は外での戦いに相当慣《な》れているようだった。

雨の降る日などの傘《かさ》は路上では素晴《すば》らしいほどの盾《たて》になる。開始直後に霧乃は開いた傘を相手にかざして、一瞬の時間を稼《かせ》いでケータイを打っていた。

攻撃のために一字を書くだけでも大きな前進になる。

騎士《きし》ならば、そのまま傘を武器《ぶき》にすればいい。光也も傘を武器にしていた。

雨すらも武器になる。紅葉は手に雨水を溜《た》めて、力を注いで水弾《すいだん》のように相手に放ってダメージを与《あた》えようとした。

堂島は、滑《すべ》りやすい路上でもバランスを崩《くず》さずに相手へと一撃を入れようとする。戦士以外は肉体を強化されていない。レベル差があろうと戦士の一撃を生身に食らうのは、致《ち》命傷《めいしょう》になりかねない。

魔法で防御《ぼうぎょ》を強化しても、元の身体能力の差が大きく影響《えいきょう》する。

「くっ……！」

相手の魔法使いは、降り注ぐ雨を手元に圧縮《あっしゅく》し、巨大《きょだい》な水球を作り出す。それを光也に向けて放つ。凄《すさ》まじい速度で雨水の魔法は光也に襲《おそ》い掛《か》かるが、光也の体を淡《あわ》い青色の光が包む。雨水は光也に直撃するが、光に包まれた光也は無傷《むきず》だった。霧乃のサポート魔法だ。

レベル九十台でもある彼女の魔法はひとつひとつが洗練《せんれん》され、ＰＫの魔法すらも寄《よ》せ付けないほどの力強さがあった。

自分の魔法が相手にダメージを与えられないことに驚愕《きょうがく》しているＰＫの顔面を紅葉の矢が襲った。避《よ》けようとするが、足を水で作られた鎖《くさり》で封《ふう》じられていた。霧乃の魔法だ。矢は顔面に直撃した。

相変わらずのゴム製《せい》の矢だが、地下駐車場のときよりも実戦《じっせん》向きの弓で攻撃をしているせいか、威力は段違いに上がっていた。

顔面に攻撃を与え、よろめくＰＫに堂島がラリアットを食らわせる。ＰＫは体を吹《ふ》っ飛ばされ、コンクリートの壁《かべ》に背中《せなか》からたたきつけられ、息を一瞬つまらせた。

すばやく光也は傘をＰＫの眼前《がんぜん》に突《つ》きつけた。

「……まいった」

PKはそう言うと、ケータイの電源《でんげん》を切った。


戦闘の終わった光也たちは自販機《じはんき》前で一休みをしていた。もう夜の十一時を過《す》ぎていた。

「すみません。また助けられてしまって……」

光也はパーティに、自身の不甲斐《ふがい》なさをわびた。

「いや、光也くんは随分《ずいぶん》と成長しているさ。むしろ、この路上バトルについてこれているからな。謝《あやま》る必要はない」

堂島は缶《かん》コーヒーを手にしながら、そう言った。

「だけど、それでも足りないぐらいなのよ」

霧乃はため息をはさみながら続けた。

「私たちが相手にしようとしている人は、少なくとも『強敵《きょうてき》』と言われる部類の人間なの。いままでクリアしていないのが不思議なぐらいにね」

「相手《アーサー》のレベルはわかるかい？」

と、堂島が訊《き》く。アーサーの話題を振《ふ》られ、霧乃は少し驚くが、すぐに落ち着いた口調で答える。

「――九十台でしょうね。もちろん、ただの九十台ではないでしょうけど。それ以上に危険なのは――」

霧乃は口をつぐんだが、全員理解していた。

アーサーの仲間たちを含《ふく》め、多くのプレイヤーを一人残らず消し去ってしまったPKの存在《そんざい》――。

あの倉庫に散乱《さんらん》していたプレイヤーたちのケータイは、同じやり口で破壊《はかい》されていた。すべてのケータイが切り刻《きざ》まれていたのだ。

その事件《じけん》は瞬《また》く間にゲーム内のプレイヤーたちに広がっていった。憶測《おくそく》は憶測を呼《よ》んだ。

相手は騎士？　それとも狩人？　それにしては一方的にやられすぎていた。戦い合ったにしては、倉庫の様子はキレイすぎた。炎《ほのお》を灯《とも》すドラム缶はひとつも引っくり返されていないし、廃材《はいざい》も動かされた気配はない。

「魔法《まほう》、かな？」

光也の疑問《ぎもん》は、否定《ひてい》された。

魔法使いでもある霧乃を含め、堂島、紅葉も、そんな魔法見たことも聞いたこともないようだった。光也も聞いたことなどない。

似《に》ているとすれば風の魔法だ。

「風の魔法で鋭利《えいり》な物を操《あやつ》って、硬化《こうか》もしていない刃《やいば》で大勢《おおぜい》を一気に切り刻んで倒す。そんな攻撃は魔法使いのキャパシティ的にムリがあるわ」

霧乃はそう説明してくれた。さらに説明を続けてくれる。

「ケータイを破壊されたプレイヤーのなかには魔法使いもいたでしょうし、サポート魔法で自らを守ったり、相手の攻撃《こうげき》を相殺《そうさい》しようと攻撃魔法を使ったりするはず。それらの魔法を打ち破《やぶ》るのには刃を騎士《きし》や狩人《かりゅうど》のように硬化でもしないかぎりムリよ」

どちらにしてもドラム缶の炎が消えていない点や廃材が動いていない点から風の魔法は否定される。

魔法使いならば、破壊した周囲を魔法で修復《しゅうふく》すればいい。だが、あの倉庫には魔法で修復されたという痕跡《こんせき》は見つからなかった。

『自然にある現象しか攻撃魔法では再現《さいげん》されない』——それが、攻撃魔法の『基本設定《きほんせってい》』だ。むろん、例外もなかにはあるが、今回の一件はそれに属《ぞく》さない手口だ。

では狩人がやった？　それも否定される。一直線にケータイを射抜《いぬ》くならばともかく、ケータイの傷は明らかに横、もしくは縦に切られて出来たものだ。発射《はっしゃ》後の得物を自在に動かせる力を狩人は持ち得ない。

ブーメラン？　そうだとしても正確すぎる。ケータイ以外に刃でやられた痕跡は確認《かくにん》できなかった。

相手は複数《ふくすう》？　アーサーの仲間に裏切《うらぎ》り者がいた？

プレイヤーたちがウワサにしていることだ。

霧乃はそれらを否定した。

「アーサーは誰も信じない。自分しか信じられない人よ。そして、なにかを企《たくら》んでいる人。きっと、アーサーの『プレイヤー拉致《らち》事件』と『謎《なぞ》の強力なPK』、このふたつの事件は最初からひとつの事件なのよ」

その強力なPKが急に活動をし始めたのがアーサーの事件と繋《つな》がっていると憶測しているプレイヤーは多い。アーサーとPKは繋がっている――と。それはアーサーがいまだ健在だからだ。

襲撃《しゅうげき》された現場《げんば》にうまい具合にアーサーがいなかったらしく、「事前に事を知っていたのでは？」と青い服装《ふくそう》の若者《わかもの》たちから密《ひそ》かに流れてきた話もある。彼らの中にも疑念《ぎねん》を持ち始めた者が出てきたということだった。

「じゃあ、PKとアーサーは知り合い――と考えたいところだが、エイブルの話ではアーサーと組んでいるわけでもなさそうだな」

ふむ、と腕《うで》を組んで考え中の堂島がそう言った。

「……アーサーがわざとＰＫを呼び寄せた？」

静かに紅葉が口にした。紅葉の言葉に霧乃はうなずいた。

「でしょうね。まるで、餌《えさ》をちらつかせて獲物《えもの》を捕《と》らえるような……」

「でも、なら最初の倉庫の一件で、済《す》むはずなんじゃないかな？」

光也は控《ひか》えめに霧乃の言葉に異《い》を唱えた。

「勝てないと思った、もしくは――」

「そのＰＫが特別な存在？」

霧乃の言葉に続く紅葉の意見に霧乃は再度《さいど》うなずいた。

「勝てなかったというより、様子見したのかもしれないわ。相手の力量を把握《はあく》するために。そう考えるとＰＫの実力は相当なものだわ」

「アーサーよりも強いプレイヤーっているの？」

恐《おそ》る恐る訊《き》く光也。

「ええ。表立って活躍《かつやく》して目立つプレイヤーよりも、闇《やみ》に息を潜《ひそ》めて、狩《か》りたいときにプレイヤーを狩ったりするプレイヤーのほうが大抵《たいてい》強いわ。そんな裏のプレイヤーがこのゲームでは確《たし》かに存在《そんざい》するの」

霧乃の言うとおりで、このゲームにはクリアすることを避《さ》け、闇に隠《かく》れて闘《たたか》いだけを純《じゅん》粋《すい》に楽しむプレイヤーが存在した。彼らの実力は、少なくとも霧乃級か、それ以上。自らヴァンパイアになることで、経験値《けいけんち》をわざと減《へ》らし、より長い時間このゲームを楽しんでいるのだ。

そんな裏事情を知って光也は生唾《なまつば》を飲み込んだ。正直、戦いたくはない。

「どちらにしてもアーサーもそのPKも敵《てき》なのは確かだな。プレイヤー狩《が》りを平気で行えるんだからな」

堂島は真剣《しんけん》な面持《おも》ちでそう言った。

「アーサーはPKを呼び出してなにがしたいんだろ……」

と、疑問を口にした光也に霧乃は目を細めて答えた。

「なにかしらの興味《きょうみ》があるからでしょうね。知らないことが一番の恐怖《きょうふ》と感じる人だから、自分の知らないなにかをそのPKから得ようとしているのかもしれないわ」

「人を殺してまで？」

静かな口調で紅葉は訊いた。

「ええ、人を殺してまで」

霧乃の言葉は少し悲哀《ひあい》を帯びていた。一度、小さく息を吐《は》いたあと、霧乃は続けた。

「でも、他に気になっていることがあるのよね……」

「例の同じメールが二度届《とど》いたことかい？　アーサー関連の」

考え込む霧乃に堂島は訊く。霧乃はうなずく。

「気にすることはないんじゃないかな？　ケータイのメールにだってよくあるじゃないか。同じメールが二度届くことがさ」

と、光也は言った。

「でも、今回のはメール内容《ないよう》が違《ちが》うから同じ意味じゃないと思う。部下だけじゃなくアーサー自身も暴《あば》れているってことのような気がするのよ……」

霧乃は缶《かん》を見つめながら言う。

「以前にも私には同じようにメールが二度来た覚えがあるのよね」

「やはり杞憂《きゆう》じゃないか？　部下に限《かぎ》らずアーサー自身もプレイヤー狩りを行っている、その事実のほうが重大だよ。危険《きけん》だけど、チャンスでもある。アーサー一人相手ならば勝率が上がる」

堂島は両手で缶を縦《たて》に潰《つぶ》しながら言った。

「──ひとつ、訊いてもいい？」

そのなかで紅葉が静かに霧乃に問う。霧乃も紅葉に視線《しせん》を合わせ、小さくうなずいた。

「プライベートなことだと思うけど、あなたとアーサーはどういう関係なの？」

紅葉は疑問《ぎもん》を口に出した。

なぜ、霧乃はアーサーを詳《くわ》しく知っているのか。アーサーについて話し合うときの霧乃は、いつも表情が曇《くも》っていた。

パーティの男連中は、深いことまで考えてしまって訊き出せないでいた。無表情《むひょうじょう》で、淡々《たんたん》としている紅葉の特権《とっけん》だと光也は思った。

「彼の子供《こども》がいるの――と、言えば話題としてはおもしろいかしら?」

男たちは衝撃《しょうげき》の告白に一瞬《いっしゅん》ドキリとしたが、霧乃はそれを見てクスクスと笑った。

「むかし、パーティを組んでいただけよ。親切なプレイヤーがいてね、その人の下で私もアーサーもこのゲームでの生き方を教えてもらって、おかげで目的もできたわ。けど――」

そのプレイヤーとのパーティを解散《かいさん》したあと、しばらくして、そのプレイヤーが殺されたことがわかった。犯人はアーサーだとすぐに霧乃はわかったという。

「彼はパーティを組んでいるときから、そういう類《たぐい》に属《ぞく》する人だとわかっていたわ。最初のころは、神崎《かんざき》くんのようにゲームに怯《おび》えていたけど、力をつけていくにしたがって、ゲームにハマっていくのが目に見えてわかったわ。神崎くんは彼に似《に》ているかもね」

霧乃にそう言われ、視線を向けられた光也は少しムッとした。

「オレは――」

「人を殺さない？」

霧乃に遮《さえぎ》られ、そのまま言われてしまった。

「わかっているわよ。あなたはそれができない。いい意味で臆病《おくびょう》だからだと思うわ。でもね、彼も臆病なの。あなたとは逆の意味で――」

「臆病だから、人を殺すっていうのかい？」

光也の言葉に霧乃は寂《さび》しげな目をした。

「彼は自分しか信じられない弱い人間だから――」

「キミはどうなんだい、エイブル？」

堂島が訊いた。

「キミはオレたちが信用できるか？」

堂島の問いに、光也、紅葉も霧乃のほうを向いた。霧乃はしばし考えたあと、口を開いた。

「私がパーティを組んだのは、これが二度目。一度目はこのゲームを知るために。それ以《い》降《こう》は誘《さそ》いも断《ことわ》って一人で戦ったわ。理由は簡単《かんたん》。信頼《しんらい》できるプレイヤーが皆無《かいむ》だったから。いえ、いたかもしれないけど、きっと波長というか、何かが合う気がしなかったから」

「オレたちと波長が合った？」

苦笑《くしょう》しながら堂島が言う。

「そういうことかもね。よくは私でもわからないけれど」

霧乃も苦笑した。

「でも、おかげで私たちは強くなれたわ」

紅葉が言う。

「オレも……って、まだみんなには遠く及《およ》ばないけど」

控《ひか》えめに光也は言った。

光也もかなりレベルアップしてはいるが、まだレベルは五十台に入ったばかりだった。それでも驚異的《きょうい》なスピードでの成長である。ゲームを始めて二か月半過《す》ぎていた。普通《ふつう》のプレイヤーなら、三十台に入れれば上出来なほうだ。

裏《うら》を返せば、それだけ短期間で強力なプレイヤーと戦闘《せんとう》を行っているということだ。路上での戦いになってから負けていないというのも大きな要因《よういん》だろう。

「よし。パーティ全員に改めて訊きたいんだが、本当に今回の事件に首を突《つ》っ込《こ》むことに賛成《さんせい》するのか？」

堂島は全員を見回した。

「私は、もうクリア寸前《すんぜん》よ。だから、このゲームを離《はな》れるまえに因縁《いんねん》を清算したいと思っているの。だから、アーサーと戦うわ」

霧乃は強い瞳《ひとみ》で答えた。

「……私は、私の求める答えは、きっとこういう出来事の先にある気がするから――戦う」

紅葉も意志《いし》の強い口調で答える。次に堂島の視線が光也に移《うつ》る。

「オレは、このゲームを知りたい。今回のことは、なんていうか……、このゲームの本質がわかるような、そんな気がする。『なぜ、このゲームがあるのか？』、それが知りたい」

みんなの前で初めて自分の思いを言った気がした。

人の前で初めて素直《すなお》に自分の目標を言えた気がした。他人にとっては、大したことではないだろうが、光也にとってそれは大きな成長だった。

光也自身が強い眼差《まなざ》しをしていることを本人は知らない。

「最後はオレか――」

堂島は頬《ほお》を掻《か》いた。

「オレも紅葉と目的は一緒《いっしょ》だ。死んだあいつが、なにをこのゲームで成し遂《と》げたかったのか、それを知りたい。クリアに近づいていけば、それに近づけるかもしれない」

堂島は手を前へ出した。

「オレたちは、パーティだ。たとえ、途中《とちゅう》で解散《かいさん》するかもしれなくても、今回だけは運命を共有しあうパーティだ」

紅葉が堂島の手の上に自分の手を重ねた。続いて光也も。そして霧乃も重ねた。

「いいんだな……？」

最後に堂島が全員に訊いた。全員がうなずいた。

ふと、光也のなかに最低な思いが生まれた。重ねている手が、妙《みょう》に重く感じるほどに。

――まるで、ゲームみたいな展開《てんかい》だ……。

光也はそう感じていたのだ。


「なにを怒《おこ》っている？」

アーサーは青い格好《かっこう》の若者《わかもの》たちにそう言った。

廃棄《はいき》された工場にアーサーたちはいた。置き去りにされた台の上にアーサーは座《すわ》り、彼の目の前には不満な表情を浮《う》かべる若者たちが数名いた。緊迫《きんぱく》した状況《じょうきょう》だった。明らかに若者たちは敵意《てきい》をアーサーに向けていた。

少し下がった位置にいる他の若者たちが緊迫した状況を困惑《こんわく》しながら見守っている。

「答えてください！　そこら中でウワサになってんスよ！　あんたとPKがつるんでるって！」

プレイヤーたちに広がっていたウワサは、当然彼らの耳にも入っていた。アーサーを疑《うたが》いたくはないが、あまりにウワサと現在の状況が被《かぶ》るため、疑心《ぎしん》が生まれたのだろう。

襲撃《しゅうげき》された場所にはいたことはあるが、襲撃された時間にはアーサーはいない。あまりに出来すぎなほど、PKが『青き円卓《えんたく》の騎士《きし》』のメンバーのもとに現《あらわ》れる。PKを探《さが》そうにも尻尾《しっぽ》がつかめない。まるで、こちらの動きを知っているかのように。

それだけの要素が集まれば、アーサーに疑いを持つ者が生まれても仕方がない。

わずかの間にあれほどいた『青き円卓の騎士』のメンバーは、半分にまで減少《げんしょう》していた。

同時に、拉致《らち》していたプレイヤーの多くもPKの犠牲《ぎせい》になっていた。

百五十人近くのプレイヤーが短期間で『死』んだのだ。プレイ人数が千人程度《ていど》のゲームで、今回の事件はあまりに大きな事件へと発展している。

過去《かこ》に例のない出来事――『イベント』だった。

「クリアして、ゲームの力を手に入れたら外で暴《あば》れるはずだったんじゃないんスかッ⁉」

「そうだな」

眼前《がんぜん》にまで近づき怒声《どせい》で問う若者にアーサーは平然と答える。

ドスッ、という鈍《にぶ》い音が工場内に静かに響《ひび》いた。異変《いへん》を感じた若者は腹部《ふくぶ》を見た。鉄パイプが、若者の腹部を貫《つらぬ》いている。その鉄パイプはアーサーの手に握《にぎ》られていた。

「なっ」

驚愕《きょうがく》しながら若者は口から、込み上げてきた血の塊《かたまり》を吐《は》いた。

次に風きり音が聞こえ、彼の頭部は体から離れた。工場の路面に若者の頭部がごろんと転がった。

「ウワァァァァ――ッッ!!」

若者たちが悲鳴を上げた。

「あ、アーサーさん! どういうことっスかッ!」

「ん? 見てわかんねぇの?」

アーサーは五円玉をたらした糸をヒュンヒュンと手で回していた。

「クリアしたんだ、オレ。おかげさまでな」

一瞬《いっしゅん》、小さな風きり音のあと、アーサーを問い詰《つ》めていた若者たちの胴《どう》が真っ二つにされた。

ふたつに分断《ぶんだん》された若者たちの体は、上半身が下に落ち、下半身も力無く崩《くず》れた。切り口から鮮血《せんけつ》がほとばしり、臓物《ぞうもつ》がぶちまけられた。少しして彼らは淡《あわ》い光に包まれ霧散《むさん》していった。下にできた血溜《ちだ》まりも臓物も同様に消えていった。

後ろで状況を見ていた若者たちもあまりの凄惨《せいさん》な出来事に腰《こし》を抜《ぬ》かしたり、立ち尽《つ》くしたままという状態だった。全員が震《ふる》え上がっていた。

「そっか。やっぱ、ゲーム外でゲームの力でプレイヤー殺しても、死に方はゲームなんだな。まあ、そのほうが片付《かたづ》ける手間がなくていいやな。なあ？」

笑《え》みを浮かべたまま、震え上がる若者たちに問いかけた。全員が異質のモノを見るような戦慄《せんりつ》した表情《ひょうじょう》だった。

「ハハハ。まあ、そんなビビんなよ。オレにはもう経験値なんてもんは必要ねぇんだ。祝ってくれよ」

笑顔で近づくアーサーに、若者たちは後ずさった。その行動を見て、アーサーの笑みが消えた。

「そっか、残念だ」

そう言う彼の表情は、狂喜《きょうき》に満ちていた。

4

「あなた、臆病《おくびょう》よね」

「おまえは大胆過《だいたんす》ぎる」

霧乃の言葉をアーサーはよくそう返した。

パーティ内の二人の会話だ。多少言葉が違《ちが》えど、十回戦闘があれば八回は同じような会話をしていた。

覚えた魔法《まほう》をガンガン使ったり、初めて戦う相手でも果敢《かかん》に飛び込んでいく実戦派の霧乃に比《くら》べ、アーサーは覚えた技《わざ》を模擬《もぎ》戦《せん》で徹底《てってい》的に一から試《ため》し、十まで知り、短所長所を洗《あら》いざらい知り尽くすまで実戦では決して使おうとしなかった。

たまに酷《ひど》く好戦的になるアーサー。まるで人が変わったように霧乃は感じていた。それほど慎重《しんちょう》な性格《せいかく》なのに、彼とパーティを組んだとき、『Innovate』から了承《りょうしょう》のメールが二回届《とど》いたことがあった。奇妙《きみょう》な感覚にとらわれたが「ケータイだって、同じメールが二度届くことがある」と結論《けつろん》づけ、あまり気にしないことにした。

実戦の折、アーサーの分析《ぶんせき》力は霧乃を救ったこともあった。が、過度に調べるクセに霧乃の小言は尽きなかった。

アーサーは気にもせずにとにかく未知のもの、相手を知ることに時間と労力を費《つい》やした。異常ともいえるほどに。ただ、類《たぐい》まれなる才能《さいのう》の持ち主だったことが功を奏《そう》したせいか、彼はメキメキと力をつけ、最初は圧倒《あっとう》的に上だった霧乃を超《こ》える強さを身につけて、力量も逆転した。

彼は強くなった。

敵《てき》になれば、まず間違いなく強敵になる――そう霧乃に思わせた。

それは現実になった。

霧乃は元仲間相手でも躊躇《ためら》いはなかった。彼女にも成すべきことがあったからだ。

ただ、皮肉を感じていた。

彼女がパーティを組んだのは、二度。

一度目は、このゲームでの生き方を教えてくれたプレイヤーのもとで組んだ、アーサーと自分との三人パーティ。

二度目となる今のパーティは、そのアーサーを倒《たお》すためのものだった。

すべてはクリア後の目的のために。

生まれて初めて願った思いのために――。

霧乃静香《しずか》は、自身の『静香』という名前が好きではなかった。

誰もが知っている有名なアニメのキャラクターと同じだったからだ。

自分の名前のはずなのに、自分が呼ばれているように思えなかったからだ。

アニメのキャラクターと同じように成績《せいせき》も運動も人並《ひとな》み以上にこなせたから、イメージはさらに強まった。

「なんで、こんな名前にしたのよ！」

小さなころは、よくそんな理由で両親とケンカをした。親が冗談《じょうだん》半分で自分の名前を決めたと思っていたからだ。

バカらしい話だと、いまはそう思える。けど、必要以上に幼いころは名前というものに呪縛《じゅばく》されていた気がした。

名前にこだわりもしなくなった高校一年の冬、霧乃の父が亡《な》くなった。交通事故《じこ》だった。大型車両に追突《ついとつ》され、父は即死《そくし》だった。相手の酒気帯び運転が原因《げんいん》だ。都内でも有名な女子高に入学したことを誰よりも喜んだのは、父だった。

突然《とつぜん》の理不尽《りふじん》な出来事に霧乃と母は、悲しみにくれた。

その半年後に母が倒れた。

過労《かろう》と心労からくるものだった。母は、父の死後、外で働いていた。元々、体の強くない母は、父の死のショックも重なり、予想以上に疲弊《ひへい》しきっていた。学校が終わると霧乃は母のもとに見舞《みま》いにいった。家計の助けになることをなにもできずに学校に行かせてもらっている霧乃は、せめて、母の見舞いだけは毎日行こうと決めていた。

どんなときであろうと、終業してから母のもとへ急いだ。友人付き合いも悪くなったが、家族を大切にしたかった。

ある日、母は告白した。

——あなたは実の子じゃない、と。

最初、母がなにを言っているのか理解できなかった。

母は、さらに話を続けていたが、『養女』という言葉で頭は支配《しはい》され、しだいに思いが高まり、爆発《ばくはつ》した。

「なんでそんなこと言うのよッ！」

そう怒鳴《どな》って、母の病室を飛び出した。

——裏切《うらぎ》られた。

ただでさえ、父の死、母の病と、二重の苦しみを抱《かか》えていた霧乃にとってそれは、最後の柱が壊《こわ》れた瞬間《しゅんかん》だった。

それから、母のもとに顔も出さず、学校にも行かなくなり、家でずっと引きこもっていた。

自堕落《じだらく》な生活になり、初めてタバコを吸《す》い、酒を口にしてみた。どれもがうまくなく、涙《なみだ》だけが溢《あふ》れた。

同時に子供《こども》のころ、名前に感じていた嫌悪《けんお》感が蘇《よみがえ》った。

父と母への恨《うら》みは理不尽にも膨《ふく》らんでいた。なにもかもが、信じられなくなり、自分の存在《そんざい》が孤独《こどく》だと感じた。

そんなある日、ふと日記と通帳を両親の寝室《しんしつ》で見つけた。日記は、霧乃の成長を綴《つづ》ったものだった。一歳《さい》から日記は始まっていた。日記の出だしには、こう書かれていた。

『妹夫婦が残したこの子を必ず幸せにする』

パラパラと日記をめくっていく。幼少《ようしょう》の自分を描《えが》いたイラストと写真、そしてコメント。事細かに書かれていた。愛に包まれた文面だった。幼稚園《ようちえん》入園前のページに、

『いずれ、真実を告げようとも、この子は私たちの娘《むすめ》である。将棋《しょうぎ》の香車《きょうしゃ》のように、どんなことが起きても前へ進んで欲《ほ》しい。しずかにゆっくりでいい。自分の信念で前へ進める子になって欲しい』

そう書かれていた。

日記と一緒《いっしょ》にあった通帳には多額《たがく》の金が振《ふ》り込まれていた。人が暮《く》らしていけるには十分なほどの金額。

通帳の名前を見て霧乃は目を見開いた。

『霧乃静香』——自分名義の通帳だった。

母が倒れる直前まで、振り込みは続けられていた。

裏切ったのは自分のほうだった。

そうわかったときに、霧乃は泣いた。それは、両親への懺悔《ざんげ》と自分の情《なさ》けなさを悔《く》いた涙だった。

彼女のケータイに奇妙《きみよう》なメールが届いたのは、それから三十分ほど経《た》ったときだった。

『あなたの想《おも》いを叶《かな》えるゲームです』

そうメールには書かれていた。

医師《いし》から母の余命《よめい》を告知されたのは、次の日だった。

霧乃は病院にいた。パーティで決意を新たにしてから、数日後のことである。

「あら、静香ちゃん。お母さんのお見舞い？」

「ええ」

知り合いになった患者《かんじゃ》のおばさんとあいさつを交《か》わし、学校帰りの霧乃は母の病室に向かっていた。

引き戸を開けると、白いベッドで霧乃の母は上半身だけ起こし、雑誌《ざっし》に視線《しせん》を落としていた。

「あら、静香」

母は、霧乃に気づき、微笑《ほほえ》んだ。

「お母さん、今日は調子いいの？」

「ええ。ところで、テストのほうはだいじょうぶだった？」

「もちろんよ。ちゃんと勉強していたから、全部埋《う》められたわ」

霧乃は頼《たの》まれていた菓子《かし》の包みを棚《たな》の上に置いた。

「そう……、母さんの見舞いに毎日来ていたから心配していたのよ？」

「心配しなくても私は元教師《きょうし》のお母さんの子よ？　意地でも良い点を取って見せるわ」

と、霧乃はイタズラっ子な笑顔《えがお》で言った。

母は、ニコリと微笑《びしょう》を浮《う》かべていた。

霧乃は窓《まど》に置いてあった花瓶《かびん》の変化に気づいた。

「あれ、誰か来た？」

花瓶に活《い》けてある花が昨日と替《か》わっている。昨日の時点で花が枯《か》れてきたので、今日、新しい花を活けようと霧乃は菓子と一緒《いっしょ》に花を買ってきていた。

花瓶には黄色と白のヒヤシンスが活けてあった。

「あなたのお友達よ。ビックリしたわ、男の子が来るんだもの。でも、今時珍《めずら》しい誠実《せいじつ》な子だったわ。佐伯《さえき》くんって言ったかしら？」

「そう、孝介《こうすけ》くんが来たんだ」

「彼氏？」

期待の眼差《まなざ》しで母が訊《き》いてきたが、

「残念でした。彼はただのお友達。期待した？」

霧乃の言葉に母はおもしろくなさそうな顔をした。

「なーんだ。つまらないわね」

「悪かったわね、甲斐性《かいしょう》なしで」

「でも、綺麗《きれい》なヒヤシンスよね」

母は黄色と白のヒヤシンスを見て言った。

霧乃はそれから一時間ほど、母の見舞いをし、病室をあとにした。

病院の庭にあるベンチのほうに霧乃は足を向けた。ベンチには、高そうなスーツを着た黒髪《くろかみ》の青年が座《すわ》っていた。

霧乃に気づくと微笑んだ。

「よう、久《ひさ》しぶり」

霧乃のほうも苦笑《くしょう》する。

「孝介には似合《にあ》わないわね、その格好」

「マジで？　いやさ、病人の見舞いに来たもんだからさ、このぐらいはしとかないといけねぇかなーってな」

孝介と呼ばれた男は、サラリーマンが着ていそうな、紺色《こんいろ》のスーツをなでながら苦笑いした。サラリーマンというよりは、まだスーツが着こなせていない就職《しゅうしょく》活動中の学生のような感じだった。

「座れよ」

孝介はベンチの空きを指差すが、霧乃は応《おう》じなかった。

しばしの沈黙《ちんもく》が流れた。二人ともただ黙《だま》ったままだ。

孝介は日の落ちてきた空を見上げながら、切り出した。

「元気そうだな、お袋《ふくろ》さん。病人とは思えないよ」

「用件《ようけん》は？」

「——花、キレイなヒヤシンスだったろ？」

「そうね。そういうことよね」

「まあな。オレさ、生まれ変わったぜ？　これから、世に飛び出そうとか思ってる。でもな？　やり残したことがあると、オレって——」

「臆病《おくびょう》だものね」

孝介の言葉を霧乃が続けた。

「ハハハ。相変わらず言ってくれるよな。なあ、エイブル？」

「あなたのその笑い方、むかしから気に障《さわ》ったわ。アーサー」

霧乃の瞳《ひとみ》は、強く彼をねめつけていた。

「ここじゃなんだ、どっかでやるか？」

「ええ」

「二時間後、オレとおまえが別れた場所で会おう。一人でもいいけどよ、オレはおまえのパーティを殺すぜ、一人残らずな。せいぜい仲間と作戦でも練ってこい。おまえは頭のいい女だもんな」

孝介――アーサーはそれだけ言うとベンチから立ち上がり、病院をあとにした。

黄色のヒヤシンスの花言葉は『勝負』。

白のヒヤシンスの花言葉は『心、静かな愛』――。


「キミたちは、筋《すじ》がいい。きっと、もっと激《はげ》しい電蜂《デンパチ》をしても戦っていけるだろう」

霧乃とアーサーに戦いのすべを教えてくれた男性《だんせい》プレイヤーは、よく二人にそう言った。

明るく、人当たりのいい人物だった。二十代後半の男だった。

HNは、『ワイズマン』。魔法使《まほうつか》いだった。

普段《ふだん》は教師をしていると言っていた。きっと、生徒に人気のある教師だろう、と思ったが、霧乃にとっては苦手な人種だった。

霧乃は一を覚えれば、間を飛ばして五から六までモノを覚えられる。一から十まで順番にゆっくりと教えてくるワイズマンを過保護《かほご》だと感じていた。

アーサーもそう感じていたようだ。

と、言っても、一を教わるまえから、違《ちが》う視点でゲームを見ていた奇抜《きばつ》なアーサーにとって、一から教えようとするワイズマンは煩《わずら》わしい存在だったのかもしれない。教師でもあるワイズマンは、自分よりも若《わか》い二人に熱心に接《せっ》してきた。生徒のように思っていたのだろう。

それが、自分の運命を狂《くる》わせていることも知らずに……。

自分を知られること、自分が不利になることを恐《おそ》れるアーサーにとって、ワイズマンは『敵』でしかなかった。

霧乃は一年前の高校二年の夏ごろにこのゲームに巻《ま》き込《こ》まれ、アーサーも同時期にゲームのプレイを開始していた。

プレイを始めてから、三か月後――、アーサーはワイズマンを殺した。パーティを解散《かいさん》して、すぐのことだった。

――実戦形式で戦いたい。

そう言って、アーサーはワイズマンのケータイを壊《こわ》し、彼を殺した。

それを霧乃が知ったのは少し経《た》ってから、人づてに聞いた。

つぶれたボーリング場――そこが、霧乃とアーサーたちのパーティが使っていた場所だった。

郊外《こうがい》にあるボーリング場は、人気《ひとけ》が少なく、不良のたまり場として有名になっていた。

だが、いつの間にか不良たちは姿《すがた》を消し、霧乃たちが使用することとなった。理由はなんとなくわかっていた。

このゲームは、関係ない人たちを避《さ》けさせる特異《とくい》なオーラのようなものを発しているようだ。ゲームの効果《こうか》だ。

人々は結界に阻《はば》まれているようになんとなく近寄《ちかよ》らなくなった。そして、そこに足を踏《ふ》み入れることは二度となくなった。

霧乃とアーサーが病院で会った二時間後――。

空はすでに闇《やみ》に包まれ、月すら出ていなかった。

霧乃がボーリング場に入ると、入り口から奥《おく》までロウソクが両脇《りょうわき》に並んでいた。

ロウソクをたどると、奥のイスにアーサーが座っていた。

薄《うす》く、不気味な笑《え》みを浮《う》かべている。

「一人で来たってわけか？」

「ええ」

霧乃がそう答えると、アーサーは視線《しせん》を別のほうに向けた。霧乃も視線を追うと、そこには人影《ひとかげ》があった。目を凝《こ》らして見ると――、

「神崎……くん？」

「霧乃さん……」

木刀を握《にぎ》った光也が場内にいた。ケガはしていない。無事だ。

霧乃はアーサーをキッとにらんだ。

「まあ、仲間を連れてこないと思ったからな。オレが呼んだ。おまえのパーティの連絡先《れんらくさき》ぐらい、すでに把握済《はあくず》みだ」

アーサーは組んだ足の上で頬杖《ほおづえ》しながら、にやついていた。

「なーに、しばらくすりゃもう二人も来る」

そう言うアーサー。

「仲間は？　あなた一人？　まさかね――」

周囲を見渡《みわた》しながら、嘲《あざけ》るように霧乃が言った。

「いや、一人さ。あいつらは、もういらなくなったんでさ、オレのクリアの糧《かて》になってもらったんだ」

「なんですって？　どういうこと――」

霧乃の言葉を、アーサーは手を前に出して、制《せい》した。

「まあ、少し話そうぜ？　おまえが来るまえに、少しそいつと話していたんだ。この

『Innovate』についてな。調子はどうだ、とか。苦手な相手はいるか、とか。パーティはどうよ、とか。そんな他愛もないことを訊《き》いていただけだ。まあ、なかなか答えてくんなかったけど。なあ、神崎光也」

「どうして……」

自分の名前を知っている？――と光也は続けようとしたのだろう。だが、彼がどんな人物かという、霧乃の言葉を思い出して言葉を止めた。

――知らないことを恐怖《きょうふ》と感じる。

「神崎光也、都内の高校に通う高校三年生。中肉中背《ちゅうぜい》で、髪《かみ》も長すぎず短すぎず。学校の成績《せいせき》も普通《ふつう》。スポーツも普通。卒業後は家から近い大学に行く予定。趣味《しゅみ》は映画鑑賞《えいがかんしょう》、音楽鑑賞、テレビゲーム。好きな食べ物はカレー。嫌《きら》いな食べ物はピクルス。ハンバーガーのさいは抜《ぬ》きにする。高二のときに彼女が出来たが『つまらないヒト』と言われて振られた。なんで彼女が出来たか不思議に思った。夢《ゆめ》はとくになし。サラリーマンあたりが妥当《だとう》だと本人は思っている。つまり、神崎光也は普通に生活して、普通の生活に満足している高校生。そして普通の人生を送るのだろうと思っている。――どうよ？」

嫌《いや》な笑みを浮かべるアーサー。

自分のことを語られた光也は一句一句《く》口にされるたびに顔色が青くなっていった。知らない人間に自分を語られれば気分が悪くなるに決まっている。

しかし、それ以上に自分よりも明らかに格上の相手に自分のことを知られているという事実。彼は魂《たましい》すらも見透《みす》かされているような感覚に陥《おちい》っているに違いない。

「そういや、例のRPGのゲームはどうだ？　苦戦していたボスは倒《たお》せたか？　順当に進んでりゃーラストあたりか？　あの辺は装備《そうび》をきっちりやっとかないとラスボス手前の中ボスに苦戦すんぜ？」

まるで友人に言うようにアーサーは光也に語る。光也はもう、口にする言葉すら浮かばない状況《じようきよう》のようだった。

「お止《や》めなさい。趣味が悪すぎるわ」、
吐《は》き捨《す》てるように霧乃は言った。

「わーったわーった。じゃあ、このゲームについて少し語るかね」

「ゲームについて？」

霧乃は眉根《まゆね》を寄せた。アーサーは笑みを見せながら、続けた。

「そうさ、ゲームの全容《ぜんよう》さ。誰が作り、なぜ選ばれ、クリアするとどうなるのか——ゲームをするプレイヤーならけっこう知りたいことなんじゃないか？　普通のゲームだってそうだろ？　どこのメーカーが作り、どこが魅力《みりよく》でゲームを選んで買い、エンディングはどうなるのか——ゲームをやるやつなら誰だって気になることだ。普通のゲームと『Innovate《こいつ》』が違うところは、途中《とちゅう》で降《お》りることも売ることもできないことだけ——あとは至《いた》って普通のゲームだ」

「ゲーム？　そうね、ゲームよ。だけど、人が死ぬこのゲームは狂《くる》っているわ」

霧乃は淡々《たんたん》とそう言った。

「狂っていないゲームなんてないさ。ゲームってのは多かれ少なかれ、人を狂わせる。金をかける、時間を費《つい》やす、精神《せいしん》を高揚《こうよう》させる——それができないゲームのほうがクソゲーと呼《よ》ばれるシロモノじゃねぇかな」

「だとしても、あなたのような考えを持った人が生まれるなら、こんなゲームは最低だわ！」

「おまえが言ったことと、世間の親御《おやご》さんが訴《うった》える『一般《いっぱん》ゲームの社会への影響《えいきょう》』うんぬん、オレには似ている気がするねぇ。結局の話、この『Innovate』での殺す殺さないなんてもんは、プレイヤーのさじ加減《かげん》ひとつさ。『死ぬ』っていうシステムは、ただのシステムに過《す》ぎない。あとはプレイヤー《オレら》の判断《はんだん》だからな。ただよ、誤解《ごかい》しないでくれ。オレがこんな考え方なのは物心ついてからだ。——ま、最低だっつーのは、オレも同意するけどな」

「私には、それだけで十分よ」

霧乃はかまえる。

ケータイを取り出し、アーサーに向けた。しかし、アーサーは一向にケータイを取り出す気配を見せない。

「――どういうつもり？　なぜケータイを出さないの？」

霧乃の疑問《ぎもん》に、アーサーは軽く苦笑《くしょう》した。

「いらないんだよ、もうオレにはな」

アーサーは口の端《はし》を大きく上げた。心底愉快《ゆかい》そうに。

「『革新《クリア》』したんだよ、オレは」

――クリア。

霧乃と光也はその言葉に言葉を失った。

「晴れてオレは、自由の身だ。ケータイなしで力もバンバン使えるってわけさ」

アーサーは大きく両手を広げて高笑いした。

「あなた、いったいなにがしたいのよ？」

「そうだな、それが本題だよな、おまえにとっちゃ」

アーサーは腰《こし》を上げ、床《ゆか》に置いてあったボーリングの玉を拾った。玉を腕《うで》に抱《かか》え、猫《ねこ》をなでるように玉をなでる。

「――クリア。それがオレにとって、このゲームで唯一《ゆいいつ》の恐怖《きょうふ》だった。オレは臆病者《おくびょうもの》だからな、知らないこと、わからないことが怖《こわ》い。同時にオレを知られること、オレのことを話されることも嫌だ。つまり、オレはそういう人種なもんだから、知りたくなったわけだ。

――ゲームのことがな」

アーサーは光也のほうを向いた。光也はビクッとする。カラーコンタクトであろう青い瞳《ひとみ》が、ロウソクの淡《あわ》い灯火《とうか》に照らされ、不気味に見えた。

「さっき、おまえはクリアって言葉に反応《はんのう》したな？　おまえもクリアに興味があるクチか？」

光也は声には出さなかったものの、顔に出していた。

「さっき言ったこと――誰が作り、なぜ選ばれ、クリアするとどうなるか、という三つのこと、オレは『なぜ選ばれ』、『クリアするとどうなるか』のふたつだけはわかった。現《げん》にオレはクリアした身だしな」

アーサーは腕の中の玉に紐《ひも》のようなものをつけると、ピンも立っていないレールのほうにボーリングの玉を放《ほう》るスタイルで、放った。

玉は信じられないスピードで奥へ進み、レールの向こうを破壊《はかい》した。轟音《ごうおん》がボーリング場を支配《しはい》する。

破壊された余波《よは》で場内に溜《た》まっていた埃《ほこり》が舞《ま》い上がった。

霧乃と光也は口元を手で押《お》さえながら、咳《せ》き込んだ。

埃のなかから悠然《ゆうぜん》と姿を現したアーサーは髪をかき上げながら、にやけた口を開いた。

「クリアするとどうなるか——こういう力を手に入れることもできる、とだけ教えておいてやるよ。あとは苦しみな。おまえらもクリアすれば、近づける。なぜ、クリア後に人がいなくなるかっていう疑問の答えにもな」

「それは、あなたがやった事件《じけん》にもつながるってこと？」

霧乃は口元を手で押さえながらそう訊《き》いた。

「おまえもウワサだけは聞いたことがあるはずだ、『革新者《イノベーター》』のことを——」

『革新者《イノベーター》』——このゲーム内で流れるウワサのひとつだ。ゲームをクリアし、絶大《ぜつだい》な力を持ったプレイヤーが存在する——と。

ある者は裏世《うらせ》界《かい》で生き、ある者は世界で起きた大きな事件に関《かか》わった——そんな壮大《そうだい》で不確かなウワサだ。クリア後に姿を消すプレイヤーたちのせいで、ゲームクリア後のことについて様々な憶測《おくそく》が飛んでいるのだ。

このウワサは現在も進行形で内容《ないよう》が加筆されていく。

「んで、おまえのことだ。オレが『仲間を餌《えさ》にして、PKを釣《つ》った』とか思っていたんじゃないか？　PKにオレが興味あって、呼び寄せたと。まあ半分当たりだけどな」

アーサーは嘲《あざけ》るように笑みを作りながら言った。

霧乃は答えない。ただ、心のなかを見透《みす》かされていたようで、気分が悪かった。

光也のほうは、『なぜ知ってる？』と言わんばかりの表情をしていた。アーサーのほうは、光也の表情を見て確信《かくしん》し、一層《いっそう》笑みを深めた。

「まあ、おまえが考えそうなことはオレにはわかるよ。パーティ組んでたころに十分なぐらいにおまえを観察したからな」

「いや、オレたちにはだろ」

霧乃と光也はド肝《ぎも》を抜《ぬ》かれた。

どこからか、声がしたからだ。アーサーの声が。アーサーのいない方向から。

移動《いどう》した？　いや、気配がひとつではない……？

「どうした？　んなおもしろい顔しやがってよ」

沈下《ちんか》してきた埃の中から現れたのは、青い頭髪《とうはつ》に、青いスーツを素肌《すはだ》の上から着た青年。

アーサーと瓜《うり》二つの顔だった。

霧乃は、その青年とアーサーを交互《こうご》に見比《みくら》べる。

二人とも、青いカラーコンタクトをロウソクに不気味に照らされ、嫌《いや》な笑みを浮《う》かべている。

あり得ない……。ま……、

「魔法《まほう》――じゃねぇぜ」

青い頭髪の青年に先に言葉を言われた。

「二人ともプレイヤー。んで、双子《ふたご》なんだわ、オレら」

双子は魂《たましい》すらもつながっている――よくそう言われている。

佐伯孝介と孝一《こういち》の兄弟も例外ではなかった。どちらも子供《こども》のころから臆病な性格《せいかく》であり、二人は互《たが》いに助け合うことで生きてきた。

両親は共働きで、家にはほとんど寄り付かない。二人が家に帰っても、テーブルの上には夕食と置手紙。手紙といっても、一言二言の事務《じむ》的なものだ。

二人で食べる夕食は、寂《さび》しくはあったが、一人っ子に比べたら自分たちは幸せなのだと感じていた。

たまに両親が顔を合わせても必ずといっていいほど、ケンカを始める。どちらの味方になっていいかもわからない。二人ということもあり、双子で片方に味方をすると、もう片方が癇癪《かんしゃく》を起こす。

かといって、一人一人が片方ずつに味方しても収《おさ》まるわけでもない。むしろ、味方をしなかったほうが今後どちらかの親に目の敵《かたき》にされる。

どちらの味方についていいかわからない。

そんな生活を続けていくうちに、孝介と孝一は両親を観察することにした。どちらが悪いのか、どちらが正しいのか。どちらが味方でどちらが敵か——それを見るようになっていき、それは他の場でも使うようになっていた。

敵は嫌だ。信じられる自分の味方は片割《かたわ》れだけだ。自分たちを知られたくない。知ればきっと、自分たちを引き裂《さ》きにやってくる。それは嫌だ。

二人一緒《いっしょ》でなければダメなんだ。

飼《か》っていた青色のキレイな熱帯魚の『アーサー』がうらやましかった。

彼は、誰の味方でなくてもいいんだ。

高みの見物ができる、外の世界の存在《そんざい》だから、恐怖《きょうふ》というものを知らないんだ。

双子は、その青い熱帯魚《アーサー》になりたかった。熱帯魚を見ているときだけ、双子は外の世界にいられる感覚になれた。それは、素晴《すば》らしく幸せなことだった。彼らにとって、熱帯魚は大切な心の支《ささ》えであり、目標だった。

知らないことは恐《こわ》い。知らなければ、先に進めない——。それが、双子の基準《きじゅん》になっていた。ただ、自分の半身だけが味方だということはわかっていた。

だから、このゲームに引き込まれたとき、とても恐かった。恐怖、戦慄《せんりつ》した。だからこそ、知ろうとした。知って理解《りかい》した。

——熱帯魚《アーサー》になれるんだ、このゲームは。


「久《ひさ》しぶりだな、エイブル——霧乃、でもいいのか？」

青い頭髪の青年——佐伯孝一は、見知っているように霧乃に話しかけた。

霧乃は、顔こそわかるものの、自分の知っているアーサーとは頭髪の色が異《こと》なっているため、初めて会うような気がした。

佐伯孝一は自分の頭に気づき、さすりながら口を開いた。

「あー、頭か。そうか、あんときはオレも黒くしてたかんな。なーに、オレらは知り合いだぜ？　オレと孝介が入れ替《か》わりでおまえとワイズマンと会っていたのわからなかったか？」

孝一は、となりの同じ顔で黒髪《くろかみ》の孝介――アーサーを親指で指した。

「……だからワイズマンは四人パーティを組むって案を断《ことわ》ったのね」

当時、アーサーが起こしたほどの事件《じけん》ではないが、事件が起きていてなにかと物騒《ぶっそう》だった。霧乃は、四人パーティを組もうと提案《ていあん》したが、ワイズマンは首を横に振《ふ》った。必要ない、と。

ワイズマンは知っていた？

だから、四人パーティを組まなかった……。最初から四人パーティだから？

ワイズマンが死んだいま、それはわからない。

「そうだ。ちなみにワイズマンを殺したのはオレだ」

自身を親指で指す青い頭髪の孝一。

「ハハハ。どちらもゲームでの名前は『アーサー』だ。オレらの真相を知るやつは誰もいなかったから、名前でわける必要はなかったわけだ」

霧乃は思い出していた。パーティを組んだとき、確かにアーサーが仲間になった旨《むね》がゲームからメールで来た。メールは二回来た。アーサーが仲間になったということを二回も知らせたのだ。当時は、少し首を傾《かし》げるぐらいで、とくに変に思ったわけでもない。

まさか、あのときの些細《ささい》な『変』が、こういうことだとは思わなかった。

そして今回の事件、アーサーについてのメールが二度届いたこともそういうことだったのだ。あのメールも過去《かこ》のメールも別々のアーサーについての連絡《れんらく》だったわけだ。

『青き円卓《えんたく》の騎士《きし》』なんてもんを結成した理由はふたつだ。ひとつは、『革新者《イノベーター》』を呼《よ》び出すため。謎《なぞ》とされたクリアプレイヤーの存在を確認《かくにん》するためさ。案の定、『革新者《イノベーター》』は現《あらわ》れた」

黒髪のアーサーが言った。

「ふたつ目は、二人分のクリアまでの経験値稼《けいけんちかせ》ぎだ。一人クリアさせんなら、適当《てきとう》にPKすりゃいいんだが……。同時期に二人をいっぺんにクリアとなるとな、それなりの経験値が大量に必要になるだろ？　だから、あんな徒党《ととう》組んで、やつらを言葉巧《たく》みに操《あやつ》ったわけだ」

これは青い髪のアーサーが言った。

不透明《ふとうめい》だったクリア後に見通しができた二人は、一気に行動に移《うつ》した。仲間も、無関係のプレイヤーもすべてクリアの糧《かて》にした。

ＰＫもまたアーサーだったわけだ。すべてはアーサーの、いやアーサーたちの思惑《おもわく》だった。

「『なにがしたいの？』」、おまえはそう言ったよな？　だから、答えを教えてやるよ。まずはそれが、プレイヤーら《おまえ》の選ばれた理由だ。クリアしたオレらは、もうなにもしない。オレらは敵のいない外側に立てたんだ。この力があれば、もうオレらが臆《おく》することもねぇ」

「そうだ、もう誰もオレらの敵になりえない。――おまえらを抜かしてな」

二人の青い瞳《ひとみ》が、霧乃と光也をにらんだ。

「ふせて！」

霧乃の叫《さけ》び声に反応《はんのう》し、光也は身をかがめた。刹那《せつな》、彼の上空を風きり音が通った。

見れば、光也と同じ高さくらいの廃棄《はいき》されたガラスケースなどが、キレイに両断《りょうだん》されていた。切られたガラスケースは床《ゆか》に落ち、音を立てて破片《はへん》を辺りに飛び散らした。

青い髪のアーサーが、手元で紐《ひも》――いや、五円玉をたらした糸をヒュンヒュンと回していた。力を宿した糸は、鉄よりも硬《かた》く、カミソリよりも鋭利《えいり》だ。

能力《のうりょく》を発動していなかった光也が食らえば、いまごろは、よくある『テレビでは放映《ほうえい》できないような状態』になっていた。いや、能力を発動したところでクリアした能力に対抗《たいこう》できるか……。

光也もケータイを取り出し、戦闘《せんとう》モードにしたようだ。彼の木刀に力が宿る。

相手はケータイを持ってはいなかったが、電蜂《デンパチ》のプレイはできるみたいだ。普段《ふだん》どおりにメールのモードに切り替《か》えができている。

霧乃もすでにケータイに打ち込み済《ず》みだ。

「気が変わったよ。まだ残りの二人が来てねぇが、まあいい。あとで探《さが》して消せばいいさ。おまえらの知り合いのプレイヤーを適当に捕《つか》まえて、連絡させればいいだけの話だ。なに、なんてーかさ。エイブル、おまえの顔を見ていたらさ、不安が込み上げてきてよ。おまえのことだ、四人揃《そろ》ったらしょうもないことを考えそうだからな。むかしのよしみだ、いま殺させてもらう」

青髪のアーサーは糸に勢《いきお》いをつけ、一気に振《ふ》り回した。――が、光也と霧乃は淡《あわ》い赤い光に包まれ、攻撃《こうげき》をはね返した。力の宿った糸は、弾力《だんりょく》のあるものに当たったように弾《はじ》かれ、アーサーの手元に戻《もど》ってきた。

淡い赤い光は風を応用《おうよう》した霧乃のサポート魔法《まほう》で、二人の体の周りに風の壁《かべ》を作り、守《しゅ》備力《びりょく》を上げたのだ。

と、霧乃の視界《しかく》から黒髪のアーサーの姿が消えていた。

「くっ！」

霧乃は横に飛び退《の》き、素早《すばや》くケータイを打ち、飛び退きざまに炎《ほのお》の球を空いている手から繰《く》り出した。

炎は両断され、小さな火球と化して攻撃を再開《さいかい》したが、青髪のアーサーが糸を振り回し、火を完全に消し去った。さらに炎の球体が黒髪のアーサーに襲《おそ》い掛《か》かるが、簡単に両断された。

霧乃は素早《すばや》くケータイを打ち、ボーリング場の床に氷を生む。氷がアーサー二人に向かって床を凍《こお》らせながら走っていった。アーサーたちの周囲に氷の柱が無数に突《つ》き出し、彼らを囲む。

しかし、力の宿った糸によって難《なん》なく柱は横に両断される。

霧乃はさらにケータイを打ち、氷を瞬時《しゅんじ》に水へと溶《と》かし、二人を水で作り出した檻《おり》の中に閉《と》じ込める。全身を魔力が宿った水に包み込まれたアーサー兄弟。だが水の中で苦しむ様子も見せない。

青髪のアーサーは五円玉を吊《つ》るした糸を縦横無尽《じゅうおうむじん》に振り回した。魔力が宿った水は、アーサーの糸に切られ、床に飛び散っていった。

さらに霧乃は散った水を再度氷に変え、鋭《するど》い氷の矢と変化させアーサーたちへと射出《しゃしゅつ》した。四方八方から向かってくる氷の矢を、懐《ふところ》から剣《けん》のようなものを取り出した黒髪《くろかみ》のアーサーが素早い剣さばきで払《はら》い落とした。

彼の持つ剣——いや、剣ではない。大量の五円玉と糸でうまく作られた剣のかたちをした物体だ。アーサーは十字架《じゅうじか》のような五円玉の剣をヒュンと振ると、霧乃たちの前へと突き出した。

剣を形作っていた五円玉は崩《くず》れたように形を変え、鞭《むち》のようにしなった。その五円玉の鞭をアーサーは光也と霧乃のほうへと放った。霧乃は瞬時に氷の壁を二人の前に生み出すが、五円玉の鞭は豆腐《とうふ》を崩すように氷の壁を斜《なな》めに両断した。鞭の攻撃はそれだけで終わらず、さらに何度も繰り出される。霧乃は氷の壁を二人の周りに厚《あつ》く作り出した。

それを削《けず》るように五円玉の鞭をしならせて放つ黒髪のアーサー。氷の壁はどんどん厚さを無くしていき、ついに破壊《はかい》された。直後、霧乃は背後《はいご》の気配に気づいた。

「あぶない！」

霧乃が光也を横に突き飛ばした、刹那、二人の間を青髪の方が後方から縦《たて》に繰り出した糸が走った。ボーリング場の床を鋭利に深く傷《きず》つける。そこは今のいままで光也がいた場所だった。

アーサーは糸を手元に戻した。そして前方の黒髪のアーサーは鞭を元の五円玉の剣に戻した。

黒髪のアーサーは空いている手のほうで手招《てまね》きした。明らかな挑発《ちょうはつ》だ。

「ハハハ！　お守《も》りがある状態じゃ、おまえは実力を発揮《はっき》できねぇよな？　なんたって、おまえは一人で闘《たたか》うことに慣《な》れすぎたからな！」

そう青髪の方が挑発した。

「どちらにしろ、一対一だとしてもおまえはオレたち一人一人にも勝てないだろうがな」

黒髪のアーサーも嘲笑《あざわら》った。

青と黒のアーサーに挟《はさ》まれるかたちとなった霧乃と光也は、じりじりと身を近づけ、背中合わせにかまえた。

(まともにやっても勝てないわ)

小声で霧乃は言った。表情は強張《こわば》り、周りに目を配って最大限の警戒《けいかい》をしている。そうしながらも、ケータイを打っていた。次の手を考えているのだ。

アーサーの言うことは合っている。このバトルをしているメンツのなかで明らかに実力不足なのは光也だ。役に立たないとも言える。それをかかえながら霧乃はクリアしたプレイヤーを二人も相手にしなくてはいけない。

声には出さないが、立場は最悪だ。

アーサーは恐《おそ》らく、いや確実《かくじつ》に光也や堂島たちのサポートをさせることで霧乃の実力を封《ふう》じる気だったのだ。パーティ戦ならば、魔法使《まほうつか》いは騎士《きし》や戦士をサポートしながら戦わなくてはならなくなる。それは、霧乃の攻撃、電池を減《へ》らせることに繋《つな》がる。それが彼らの戦略《せんりゃく》。

自分たちが臆病《おくびょう》と理解しているからこそ、強い霧乃を確実に葬《ほうむ》るように仕掛《しか》けたのだ。一人ではアーサーには勝てないと踏《ふ》んだ霧乃は光也たちを自分の実力に近づかせ、アーサー対策《たいさく》用に強く育てたかったが、間に合わなかった。

間に合わなかったものは仕方がない。いまの実力で突破《とっぱ》するしかないのだ。

しかし、アーサー一人でも勝てないと考えていたのに、同一の実力者がもう一人増《ふ》えるとは……。予想外というしかない。

だが、そうも言ってはいられない。なんとか勝機を見つけなければ。二人のアーサーを相手に時間稼《かせ》ぎはできない。どうせ堂島たちが増えたところで現状は変わりそうにない。犠牲者《ぎせいしゃ》が増えるだけだ。

なんとかしないと――。

(きっと、近接《きんせつ》じゃ剣《けん》のほうが強いんだろうけど、糸のほうが厄介《やっかい》ね……。どうにか止めないと)

(でも、このままじゃオレたちの電池のほうが……)

そうだ。あちらは無制限かもしれないが、こちらは制限がある。いまも進行形で電池は減り続けているのだ。

(彼らを一箇所《かしょ》に集める。そのあとで、特大のをお見舞《みま》いするわ)

──

その霧乃の言葉を聞いて、光也はうなずいた。こちらの意図がわかったようだ。あとは

（いい？　私が次の魔法を出したら切りかかって）

光也はうなずいた。

霧乃は手を下にかざし、目を覆《おお》うほどの光を発した。二人のアーサーが腕《うで》で顔を覆った

瞬間──

光也は黒髪の方に切りかかり、霧乃は新たにケータイを打った。

光也の攻撃はアーサーの剣に止められた。しかし、光の効果《こうか》はあるのか、いまだ目を細めたままだ。まだ視力は戻《もど》っていないらしい。あの光は仲間にはなんの意味もないものだが、敵には視力を奪《うば》うほどの光の幻覚《げんかく》を見せる。

青髪のアーサーは、糸を霧乃に放った。霧乃は下にかがんで避《よ》けるが、アーサーは急に上空へと糸の軌道《きどう》を変えて振《ふ》り上げた。最初から避けることを承知《しょうち》でL字に攻撃したのだ。そして、そのまま下へ振り下ろす。

霧乃に直撃する寸前《すんぜん》──アーサーの糸は硬質《こうしつ》なものにはばまれる。木刀だ。光也が攻撃を止めてくれたのだ。

二人のアーサーはともに驚愕《きょうがく》している様子だった。目の前に一人ずつ、アーサーたちの

攻撃を止める光也がいるからだ。

アーサーが叫《さけ》ぶ。

「――分身魔法《ドッペルゲンガー》かッ」

霧乃は光のあと、すぐに魔法を変え、光也に魔法をかけた。その所要時間は一瞬だ。

『仲間を分身』と、素早く打ったのだ。

仲間に質量のある分身をさせ、二人にする。分身させられるのは一人。魔法使いの電池の消耗《しょうもう》は激《はげ》しく、魔法をかけられて分身しているプレイヤーは二倍の速度で電池を消費するという大きな制限はあるが、魔法使いのサポート魔法のなかでは最高クラスの魔法だ。ただし、これを覚えられるプレイヤーはごくわずかしかいない。よほどの実力者にのみゲーム側から褒美《ほうび》のような感じで得られるレアな魔法だ。

青髪のアーサーの糸は木刀にくるくると巻《ま》き付《つ》いて、ちょっとやそっとじゃ外れなくなっていた。

霧乃は次の魔法を打った。糸が一直線に凍《こお》っていき、アーサーの手ごと一緒《いっしょ》に氷に包んだ。これで仮《かり》に木刀から外しても振れない。

黒髪の方も分身した光也が相手の手元を握《にぎ》った。これで逃《に》げられない。

「このクソがッ!」

アーサーが空いている手で光也を殴《なぐ》るが光也は動じない。

なんせ、そっちの光也は偽者《にせもの》だ。傷つけてもダメージなど無い。

「神崎くん！」

「うおぉぉぉぉ――ッッ!!」

光也は木刀に力を入れ、青髪のアーサーを糸ごと黒髪の方向に投げ飛ばした。氷に包まれた糸は投げ飛ばされた瞬間にボロボロと崩《くず》れ、木刀から離《はな》れた。

青と黒のアーサーがぶつかり、その場で大きく転倒《てんとう》した。同時に光也の分身も霧《きり》が晴れるように消えていった。

霧乃は二人のアーサーが身を起こそうとしたとき、両手を二人に向けた。

霧乃のケータイ画面が光り輝《かがや》く。

「これで終わりよ。アーサーッ！」

その瞬間、霧乃の手元から放たれた膨大《ぼうだい》な光の波がアーサーたちを襲《おそ》った。そして、ボーリング場はまばゆい光に包まれた。

半壊《はんかい》したボーリング場のがれきのなかから、光也と霧乃は体を起こした。月の出ていない空が見える。天井《てんじょう》はボロボロだ。

霧乃が特大な光の波の魔法を放った方向のボーリング場はほとんど、原型をとどめていないほどに壊《こわ》れていた。

「……やったのかな？」

光也は木刀を拾いながら言った。霧乃は小さな淡《あわ》い光球を手元から出し、光源《こうげん》にした。

「たぶん……。あの光の魔法は一撃必殺みたいなものだから。クリアした人間がどんなふうに死ぬのかはわからないけど……」

霧乃はケータイを見つめた。すでに電池は点滅《てんめつ》していた。もう切れる寸前《すんぜん》だ。強力な魔法の多用、それと最後の決め技《わざ》。霧乃は大量の電池を消費していた。きっと、光也も切れるころだろう。彼は霧乃と違《ちが》ってまだレベルが足りない部分がある。

「とりあえず、ここを離れ——」

ヒュッという風を切る音をともに霧乃の足元になにかが落ちた。見てみると、それはなにか細長いものだ。

「あっ……」

それが自分の左腕《ひだりうで》だと気づくのに時間はいらなかった。わかったときには大量の血が腕から流れ出ていた。

「――ッ」

声にならない激痛《げきつう》を訴《うった》えて、霧乃はその場にひざをついた。

「霧乃さんッ！」

近づこうとした光也の足元をなにかが横に通り過《す》ぎた。霧乃が落とした光源に照らされたのは、大きく横一文字にえぐられたボーリングの床《ゆか》だった。とっさに光也が気づかなければ、彼は両断《りょうだん》されていただろう。

「てめぇら……」

声の先にはボロボロに傷《きず》ついた青髪《あおかみ》のアーサーが立っていた。左手をだらんとたらし、その先には糸が伸《の》びていた。糸を伝って、血がポタポタと落ちていく。考えてみれば、糸のような簡単《かんたん》なものはいくらでも常備《じょうび》できる。きっと、アーサーは五円玉に糸をつけたものを常《つね》に複数《ふくすう》持っているのだろう。

彼の足元には全身が血まみれの黒髪のアーサーがいた。

「よくも孝介をッ！」

あの霧乃の攻撃《こうげき》を食らう直前、武器《ぶき》を一瞬《いっしゅん》失った青髪のアーサーを守るため、黒髪のアーサーが剣《けん》を盾《たて》に変化させてかばったのは見えた。それでも防げないとわかった彼は、自身の体をも盾にして半身を助けたのだろう。

青髪のアーサーはひざをつく霧乃の髪の毛を引っ張《ぱ》った。

「治せ！　てめえの回復《かいふく》魔法なら孝介はまだ助かる！　早くケータイを打て！」

切羽《せっぱ》詰《つ》まったように青髪のアーサーは言う。霧乃は激痛に顔を歪《ゆが》めながらも、口の端《はし》を上げた。

「……嫌《いや》よ。どちらにしても……。回復魔法を使うだけの……電池は残っていないわ……」

アーサーは霧乃のケータイを見た。電池が点滅していることがわかり、霧乃を離して、腹部《ふくぶ》に蹴《け》りを入れた。

「なら、知り合いのプレイヤーを呼べッッ！」

あせるアーサーを、霧乃は痛《いた》みに顔を歪《ゆが》めながらも嘲笑《あざわら》った。

「無様ね……、こんなときに……人に頼《たよ》るなんて……。あなたにとって、他の存在《そんざい》なんて、どうでも……よかったんじゃないの……？」

「黙《だま》れ黙れ黙れ――――ッッ！」

「うおおおォォォォ――――ッ！」

光也が前方から切りかかった。

予想だにしていなかったアーサーは驚《おどろ》き、手元が動かなかった。

しかし――

「か……ッ」

光也は寸前で前方に倒《たお》れた。足に異変を感じたからだ。見れば、右太ももを五円玉の剣が貫《つらぬ》いていた。

激痛に光也はその場にのた打ち回った。

手元だけ動かせた黒髪のアーサーの剣が伸《の》びてきて、光也の足を貫《つらぬ》いたのだ。

「……孝介」

半身の行動に驚き、青髪のアーサーは黒髪の方に駆《か》け寄《よ》った。

彼を抱《だ》き寄せる。しだいに雨がポッポッと降《ふ》ってきていた。

「こ、孝一……」

「しゃべるな！　待ってろ、すぐに魔法使い拉致《らち》ってよ、すぐにおまえを治してやっからな！」

親身に青髪のアーサーは黒髪のアーサーに話しかける。その瞳《ひとみ》には涙《なみだ》が浮《う》かんでいた。

「クソッ、なんでだ⁉　こんなはずじゃねぇ！　こんなもんじゃなかったはずだ！　あのぐらいの……、あんなアマの魔法にクリアしたオレらの力が負けるはずがねェッ！」

「……ああ、そうだな。おかしいな……、なんでだろうな、オレらはアーサーを――」

ずんっ！

言いかけた黒髪のアーサーの胸《むね》を鉄パイプが貫いていた。

「かっ……」

黒髪のアーサーは目を大きく見開いたまま、手を半身のもう一人の『アーサー』に伸ばそうとしたが、手は半身にとどくことなく、力無く下に落ちた。そして、彼の体は淡《あわ》い光に包まれ、粒子《りゅうし》と化す。

「お、おい！　おい！　待てよ！　待てって！」

消えていく半身の光を手でかき集めようとするが、抵抗虚《ていこうむな》しく空へと消えていく。黒髪のアーサーの体は完全にこの世から消え失《う》せた。

呆然《ぼうぜん》と自分の半身が消えた暗闇《くらやみ》の空をながめる。徐々《じょじょ》に内からふつふつと激情《げきじょう》が高まっていく。

「うおおおォォォォアアァァァアア――――ッッ!!」

慟哭《どうこく》に似た声を上げ、青髪のアーサーはパイプの投げられた方向を向いた。

「てめぇかァァァァアア――――ッッ!!」

そこにはレインコートを着た人物が立っていた。

アーサーはその場から駆け出し、糸を勢《いきお》いよく横に振った。そして、レインコートの人物に直撃――したはずなのだが、糸はへにゃりと本来の糸の反応《はんのう》を見せて、下に落ちた。

「な、なぜだ……？」

驚愕《きょうがく》に包まれ、理解不能だとアーサーは顔を引きつらせた。次の瞬間、青髪のアーサーは口から多量の血を吐《は》いた。

彼の腹部にボーリングのピンが突《つ》き刺《さ》さっていたからだ。レインコートの人物が、足元のピンを拾い、投げたのだ。

『クリアしても、ゲームの力を使うには制限《せいげん》がある』

それは相変わらずのボイスチェンジャーの作られた声だった。

『本来は、一日に一、二度しか使えない。ある程度《ていど》は、その回数を超《こ》えて力も使えるだろう。だが、おまえらは使い過《す》ぎたんだ』

「な、なんだよ、それ。知らねぇって……。だから、力が下がってたってことかよ……？　なんだよ、知らねぇことばっかだな……。恐《こえ》ぇ……な……」

苦笑《くしょう》しながら言った青髪のアーサーの体は淡い光に包まれた。

「ゴメンな……『アーサー』……」

そう言って、ほどなく空へと霧散《むさん》していった。

レインコートの人物は光也と霧乃のほうを向いたあと、背《せ》を向けてこの場を立ち去った。

失血によって気が遠くなる光也と霧乃のケータイには勝利のメールが届《とど》いた。受信した瞬間、二人は気を失った。

雨は本格的に本降《ほんぶ》りになり、冷たく光也と霧乃に降り注いだ。

少しして、紅葉と堂島が駆けつけ、光也と霧乃は知り合いの魔法使いのもとへ運ばれることになる。

そして、この戦いで霧乃のレベルは百に達した――。

Chapter 4 rule.

1

『安全』を求め、夜な夜なプレイヤーが集まる地下駐車場《ちかちゅうしゃじょう》は、相も変わらずこのゲームの本来のゲームスタイルとはかけ離《はな》れた姿《すがた》を見せていた。

路上で戦闘《せんとう》し、ケータイを壊《こわ》し合うのが本当の『Innovate』だというが、それはたかがプレイスタイルのひとつに過《す》ぎないのではないだろうか?

こうやって、この駐車場が『囲い』、『逃《に》げ場所』と呼《よ》ばれていても所詮《しょせん》は気休めにしかならない。こんな場所だって圧倒《あっとう》的な力には敵《かな》わないだろう。

本当の安全などというものは、自己《じこ》管理の積み重ねの上にしか成り立たない気がするのだ。

「達観した目ね」

紅葉《もみじ》が光也《みつや》の顔を覗《のぞ》き込《こ》んできた。

い。


「そう？」

どうやら、考えごとをしながら地下駐車場をぼんやりと見つめていたらしい。確《たし》かに、最近起きたことを振《ふ》り返りながら見渡《みわた》していたので、そう見えたのかもしれない。

二人はいつもながらの地下駐車場の柱の下に陣取《じんど》っていた。

紅葉が光也のとなりに座《すわ》った。

「傷《きず》は？」

紅葉は光也の足に視線《しせん》を向けた。右の太もも——先日、三日前にアーサーに刺《さ》されたところはすでに知り合いの魔法使《まほうつか》いの回復《かいふく》魔法でふさがっていた。

霧乃《きりの》の切り落とされた腕《うで》もキレイに繋《つな》がった。魔法の力にそのときほど驚《おどろ》いたことはない。外傷《がいしょう》に関しては医者いらずだ。

両者とも完治とまでいかないが、日常《にちじょう》生活には支障《ししょう》はない。

通常の電蜂《デンパチ》で受けた傷ならば魔法で完治してもおかしくないのだが、クリアしたプレイヤーの攻撃《こうげき》に対しては回復の範囲《はんい》に制限《せいげん》があるのかもしれないと堂島《どうじま》に言われた。

「まあ、とうぶんは戦いたくない気分だから、見学しているよ」

「そうね。そのほうがいいわ」

そこで会話は止まり、二人の間に沈黙《ちんもく》が流れた。

周囲のプレイヤーの談笑《だんしょう》などが聞こえてくる。アーサーの事件《じけん》の時は恐怖《きょうふ》に彩《いろど》られていたここも、いつもの活気が戻《もど》っていた。

「――わからないまま、か」

紅葉がぽつりとこぼした。

「アーサーっていう人の事件に首を突《つ》っ込《こ》めば、兄のことが少しは見えてくるかもしれないと思ったけど……。その人たちと縁《えん》があったのは神崎《かんざき》さんと霧乃さんだったみたい」

アーサーと戦うために準備《じゅんび》をしていたパーティだが、結果的に彼らと相対したのは、光也と霧乃だけ。紅葉と堂島はすべてが終わって傷ついた光也たちを助けただけだ。しかし、彼らが駆《か》けつけなかったら二人はすでに絶命《ぜつめい》していただろう。

パーティで戦っていたところで、やはり誰《だれ》かが傷ついた。ならば、最小限で済《す》んだのだから結果オーライだと光也は思う。

あのあと、霧乃はパーティを抜《ぬ》けた。すでにレベルをマックスにした彼女は、ゲームのほうからラスボスが送られてくるのを待つだけだ。

「オレも、結局よくわからないままだ……。なんで、このゲームがあるのか。ミィたちの仇《かたき》を討《う》とうと思っていたのに、あの人たちと戦うだけで頭がいっぱいだった」

「それでいいんだと思う。ミィさんはきっと、それで許《ゆる》してくれると思う。だって、悪い人はいなくなったんだから」

紅葉はニッコリと光也に微笑《ほほえ》んだ。

「悪い……、人か。それは、人かな、それともゲームなのかな……」

ぽつりと光也が口からもらしたとき、地下駐車場の入り口のほうから悲鳴が上がった。


地下駐車場近くの公園の屋根つき休憩場《きゅうけいじょう》に霧乃は座っていた。どんより曇《くも》った空を見る。雨は降《ふ》り注ぎ、止《や》む気配はない。すでに夏は終わりに近づいているのだというのに、いまだ梅雨《つゆ》を持続させているような感じだ。

霧乃はふと思った。

なぜか、雨期の時期から夏の時期にかけて大掛《おおが》かりな事件が多発する、と。それは偶然《ぐうぜん》ではない気がする。

なぜ、雨の日なのか？　それはわからない。けど、接点《せってん》はある——そう思いながら霧乃は缶《かん》コーヒーに口をつけた。

アーサーのことを考えていた。

彼は、きっとゲームに参加したから変わったのだ。いや、変われたのだ。彼は会うたびに会話が増《ふ》え、表情《ひょうじょう》が豊《ゆた》かになっていった。そして、最終的にあの嫌《いや》な笑い方まで手に入れた。

このゲームは切っかけを与《あた》えただけで、あとは彼が選択《せんたく》した生き方だ。

自分だって、このゲームのおかげで生き甲斐《がい》と目的が生まれた。

母を治したい――。

どんなことでも叶《かな》えてくれるクリア後の願い。彼らは力を求めた。

ならば、自分は――

「あなたも力を選んだの？」

霧乃は背後《はいご》の気配に対して、そう言った。

まるでおばけのようにすーっとレインコートの人物が現《あらわ》れた。雨音のせいで足音が聞こえないのか、それともレインコートの人物の技《わざ》か、それはわからないが、後者のような気がした。

「クリアした人間がなぜ行方《ゆくえ》不明になるか――そうよね、そういうことよね。いままでも孝介《こうすけ》――いえ、アーサー兄弟《きょうだい》のようにあなたが始末してきたんだものね」

立ち上がり、後方を振り返り、霧乃はレインコートの人物をにらみつけた。

『そうだ。だから私は警告《けいこく》しているのだ。クリアするな――と』

変えられた声でレインコートの人物はあっさりと認《みと》めて言った。

「それはあなたの意思？　それともゲームのイベント？」

『……ゲーム側は黄色をまとっているこちらを把握《はあく》できない。そういう設定《せってい》だ。「黄色ネーム」という言葉を知っているか？　ネットゲームで黄色は特別な意味を持つ。このゲームにも似《に》たようなルールが取り入れられているみたいでね。このゲームで黄色は「存在《そんざい》しない」ことにされている。ルールはゲームのものだが、動いているのは自分の意思だ』

霧乃の問いをレインコートの人物は強い口調で答えた。

ネットゲームで使われる『黄色ネーム』は、霧乃も知っている。黄色い名前表示の特定のキャラクターに付けられたプレイヤー用語だ。

「あなたがなにを思い、なんのためにクリアした人たちを殺すのか、そんなもの私は知らないし、そんな理由はあなたにあげる。――でも、私の思いだけは否定《ひてい》させはしない」

霧乃はかまえた。眼光鋭《がんこうするど》くにらみつけ、ケータイを取り出す。

『そうか、やはり貴様《きさま》もゲームに取り込まれた人間だな……。どんな理由であれ、貴様をクリアなどさせんよ。それが貴様のためでもあるからだ』

レインコートの人物の言葉に霧乃は眉根《まゆね》を寄《よ》せる。

——貴様のため？

なにをこの人は言っているのだ？

そのときだった、霧乃のケータイが鳴った。見ると、メールだった。差出人は光也——。

内容《ないよう》を見て驚愕《きょうがく》した。

『PKが地下駐車場《ちかちゅうしゃじょう》で暴《あば》れている』——と。


最初に悲鳴が上がってから数分だろうか、PKの周囲には破壊《はかい》されたケータイが数多く散乱《さんらん》していた。

地下駐車場の入り口から、そのPKは直接《ちょくせつ》乗り込んできた。一人でだ。

黒いシャツに黒いズボン。細身で中背《ちゅうぜい》の若《わか》い男だ。彼は薄《うす》く不気味に微笑んでいる。

両腕をだらりとたらし、右手にケータイを所持していた。傘《かさ》をささなかったのか、髪《かみ》や肩《かた》が濡《ぬ》れている。雨水でできたPKの足跡《あしあと》が点々と入り口のほうから続いている。

入り口の門番を倒《たお》したという彼は、ゆらりと幽霊《ゆうれい》のように地下駐車場に現《あらわ》れ、彼を制止《せいし》しようとしたプレイヤーと電蜂《デンパチ》を始めた。

制止しようとしたプレイヤーを飛び回る何かが無数に切り刻《きざ》み、プレイヤーは淡《あわ》い光と化して消えていった。

その光景を見て、多くのプレイヤーが彼を止めにかかったが、返り討《う》ちにあうのが遠目に確認《かくにん》できた。

彼の周囲にある破壊されたケータイはそのときのものだ。

紅葉はPKの姿《すがた》を確認すると、驚《おどろ》いたように目を見開き、弓を持ってPKのほうに急に駆《か》け出した。

「ちょっ、紅葉ちゃん！」

光也はそんな紅葉を追うしかできなかった。

地下駐車場の出入り口はひとつしかなく、そこはPKの魔法《まほう》によって厚《あつ》い氷に覆《おお》われてしまった。逃《に》げ場を失いパニックと化したプレイヤーたちは奥《おく》へ奥へと逃げていく。

逃げるプレイヤーを追ってPKは、地下駐車場の中央を歩き、ゆらりゆらりと一歩一歩近づいてくる。不気味な笑みを浮《う》かべたままだ。人の波をよけて逆流《ぎゃくりゅう》するように紅葉はPKのほうに近づいた。

人波を抜け、紅葉はPKに一番距離《きょり》の近いプレイヤーとなっていた。光也も少し間を空けて足を止めた。木刀を抜き放つ。紅葉のほうは弓をかまえもしない。ただ、PKを見つめるだけだ。

PKも紅葉の存在に気づき、彼女に視線《しせん》を向けた。

「直人《なおと》……くん……？」

紅葉は彼をそう呼んだ。と、いってもまだ不確かなようだが。そう呼ばれたPKは目を細め、紅葉を見て、口を開いた。

「……紅葉ちゃんじゃないか。どうしたんだ？　あ、そうか……。キミもプレイヤーなのか」

「どういうこと？」

恐《おそ》る恐る近づいていた光也はPKから視線を外さずに紅葉に訊《き》く。

「――田鍋《たなべ》直人くん。兄さん……、兄の友人。慎太郎《しんたろう》くんとも友人なの」

『田鍋』と呼んだPKから目を離《はな》さずに紅葉は答えた。

「なんだ、慎太郎も来ているのか。まいったね……」

田鍋と呼ばれたPKは手で顔を覆い、愉快《ゆかい》そうにククと笑った。

「直人くん、いままでどこにいたの？　あなた、兄が死んだときも葬式《そうしき》に顔を出してくれなかった……。慎太郎くんも探《さが》したって言ってた」

そう言われた田鍋は、指の隙間《すきま》から目を細めて紅葉を見る。

「慎太郎が？　探している？　オレを？　しかも、なんだあいつ、葬式出たのか、雄二《ゆうじ》の……。ハハハッ！　これはまいった！　傑作《けっさく》だよ！」

地下駐車場に響《ひび》く笑い声を発し、彼は体をのけぞらせた。よほど、愉快なのだ。

「私、慎太郎くんと一緒《いっしょ》に兄にこのゲームでなにがあったか知りたくて……。直人くん、あなたなにか知って――」

「殺したよ。雄二を殺したのはオレだ」

紅葉が言い切る前に田鍋がすんなりと告白した。その顔は至《いた》って平然としている。

いきなりのことでなにを言われたのか把握《はあく》できていない紅葉は、その言葉の意味を徐々《じょじょ》に理解《りかい》していく。

「正確に言えば、オレと慎太郎とで――だ」

「ウソッ！」

続く告白を紅葉は力強く否定《ひてい》した。

「本当さ。しかしなあ、あいつはまたゲームをしているのか。せっかくゲームをクリアしたというのに……。そうか、またやつは目的を失ったのか？　いやでもな……」

あごに指をあて、ぶつぶつと独《ひと》りごちている田鍋。

その間にも紅葉はわなわなと震《ふる》え、弓を取り出し、矢をかまえた。

「答えて！　なぜ、兄はあなたに殺されなきゃいけなかったの!?　なんで、こんなゲームに参加したの？　なにがしたかったのよッ⁉」

涙《なみだ》を流し、紅葉は声を張《は》り上げながら田鍋をにらんだ。魂《たましい》の叫《さけ》びと言っていいほどの声量だった。あの静かでめったに感情を表に出さない彼女が顔を歪《ゆが》ませるほど、怒《いか》り、怒鳴《どな》った。きっと、知りたかった真実があまりに凄惨《せいさん》な現実《げんじつ》で、半ば混乱《こんらん》しているのだろう。

「順番に答えてあげようか。雄二はオレと慎太郎にとって、超《こ》えなければならない人間だったんだ。あのとき、それしか選べなかった。『このゲームに参加したこと』と『したかったこと』はつながっているよ。なにかをしたくなったのはゲームのおかげ、ゲームに選ばれたのはなにもなかったから。これが答えだよ」

「……わからないわよ！　なにがしたいの！」

怒りのあまり、紅葉は先端《せんたん》がゴムの矢を放った。矢は鋭《するど》く田鍋に向かっていき、避《よ》ける素振《そぶ》りすらしない彼の顔寸前《すんぜん》を通り過《す》ぎていった。

田鍋は素早《すばや》くケータイを打ち、手を前へ向けた。すると袖《そで》からボロボロと忍者《にんじゃ》が使うクナイのような刃《やいば》が駐車場の路面へ落ちた。金属音《きんぞくおん》を立てて路面へ転がる刃。

「オレはね、紅葉ちゃん。せっかく選ばれたことを、せっかく参加できたことを反古《ほご》にするやつが許《ゆる》せないんだ。日常《にちじょう》ですら夢《ゆめ》を持てなかったやつらが、せっかくこうやって環《かん》境《きょう》を与《あた》えられたというのに、こんな囲いに逃げ込む……。そう、どこまでも逃げ込むやつらが許せないんだよ」

風が田鍋の周囲に巻《ま》き起こる。そして、路面に落ちた刃が浮《う》いた。ゆらりゆらりと宙《ちゅう》に浮き、自我《じが》を持ったかのように宙を動き出す。刃の刃先がすべてこちらに向けられる。

田鍋は手をゆっくりと前へ出し、指先を紅葉の後方——光也のさらに後ろへ指した。

瞬間《しゅんかん》、刃は風に乗って高速で過ぎ去っていった。光也と紅葉を突風《とっぷう》が襲《おそ》った。顔を腕《うで》で覆《おお》う。

「キャッ！」

「うわぁぁぁ——ッ！」

はるか後方から悲鳴が上がった。

そちらに振り向くと、逃げていた人々がパニックを起こしているのが遠目でもわかった。その周りを小さなものがヒュンヒュンと飛び回っていた。倒《たお》れる者や、ひざをつく者が現れ、ついには淡い光に包まれ、空へ消えていく。

ケータイだ。ケータイだけを狙《ねら》っているんだ。ケータイをかばって、体中を切り刻まれる者も出ている。血しぶきが路面に赤い霧《きり》を吹《ふ》いたように降《ふ》りかかる。

しかし、苦しむヒマもなく、淡い光に包まれてプレイヤーたちは空へ消えていく。中には知り合いのプレイヤーもいる。

殺戮《さつりく》――。

そうだ、これは殺戮だ。一方的な殺戮だ。

そして、光也はハッと気づいた。

――黒い……黒い服の人に気をつけて……ヴァン……パイアだから……。

ミィが最後に残した言葉。確かにそう言っていた。

「あんた、もしかして最近、港近くの倉庫に行ったか……？」

光也は自分でも恐《こわ》いぐらいの表情で田鍋に訊《き》いた。田鍋はちらりと光也を見て、視線を天井《てんじょう》へ移した。「うーん」と記憶《きおく》を遡《さかのぼ》らせる。

「さてな。最近はなんだかわからないが、夜な夜な青い服のやつらが集まって、ここのようにチチクリあっていたな。むろん、そんなクソどもを見逃《みのが》すわけもないから、すべて始末したはずだが？　そのなかに、もしかしたら倉庫なんてとこもあったかもしれないが」

と、まるで買い物をしに行ったときに見た街の光景を語るように田鍋は淡々《たんたん》と答えた。

その答えに、光也は確信した。

――こいつだ。

そう、光也が見たあの倉庫の光景はアーサーが作り出したものではない。アーサーは言った、『あんな、「青き円卓《えんたく》の騎士《きし》」なんてもんを結成した理由はふたつだ。ひとつは、けを切る。

『革新者《イノベーター》』を呼び出すため』――

呼び寄せたのは、一人だけじゃない――。そう、一人だけじゃなかったんだ。闇《やみ》に潜《ひそ》んでいたPKをも呼び寄せたんだ。こいつが、ミィとユウや他のパーティをやったんだ。

まるで風のような魔法《まほう》、しかしありえない切り刻《きざ》まれ方。周囲を傷《きず》つけさせず、目標だけを切る。

こいつなんだ。こいつがミィたちを……。

光也が木刀を一層《いっそう》強く握《にぎ》り締《し》め、鋭い目を向けると、田鍋は愉快《ゆかい》そうに薄《うす》く笑《え》みを浮かべた。

「なんだ？　やるのか？　別にいいけどな。それでいいのかい、紅葉ちゃん？」

紅葉も田鍋へ矢先を合わせて二本目をいつでも撃《う》ちかねない状況《じょうきょう》だ。

「そうか、それもいいな。結局、こんなところでぬくぬくと生きるキミらではどうせクリアなんてものはできやしないからな」

田鍋は目を細めると、手招《てまね》きをした。それは光也や紅葉にしたものではない。後方の自身の放った刃に送ったのだ。光也がちらりと後ろを向こうとしたとき、彼の頬《ほお》の横を凄《すさ》まじい速度のなにかが通り過ぎ去った。それに気づき、すぐさま前方を向くと、すでに田鍋の周囲には多数の刃が浮いていた。すでに光也も紅葉も勝手に戦闘状態《せんとうじょうたい》にされていた。

「せめて、幸せなうちにゲームオーバーになったほうがいい」

そう言って、田鍋が手を光也たちに向けようとしたときだった。爆音《ばくおん》が轟《とどろ》き、同時に地下駐車場《ちかちゅうしゃじょう》を大きく振動《しんどう》させるほどの衝撃《しょうげき》が襲《おそ》う。

何事かと視線を辺りにくばると、入り口から大きな水蒸気《すいじょうき》が上がっていた。

——と、水蒸気の向こうから巨大《きょだい》な炎《ほのお》の球体が恐ろしい速度で田鍋へ襲い掛《か》かった。田鍋は身をひるがえして、刃《やいば》を炎へと向かわせた。刃と炎は直撃し、炎は霧散《むさん》して、刃はぶつかりあった反動で辺りへ飛び散った。

路面へ落ちた刃は乾《かわ》いた金属音《きんぞくおん》を駐車場に響《ひび》かせた。

コツコツという靴音《くつおと》を立てながら、水蒸気の中から姿《すがた》を見せたのは紛《まぎ》れもないエイブルこと、霧乃だった。

刃のひとつを拾うと霧乃は理解《りかい》した様子だった。

「霧乃さん。このＰＫが——」

光也がＰＫのことを霧乃に話そうとしたとき、彼女は言葉を制《せい》するように手をこちらへ向けた。

「このプレイヤーがアーサーの事件で呼び寄せられたＰＫってことね。そして、あの倉庫でプレイヤーを大量に殺した本人……」

彼女は一歩前へ歩を進め、力強く言った。

「アーサーの残した火の粉ならば、私が払《はら》うわ。かつて仲間だった彼へ友人としてできる唯一《ゆいいつ》の行為《こうい》だと思うから」

この『安全』という囲いの中で戦ってきたプレイヤーは、仲間の『死』というものを見たことがあるのかと訊《き》かれれば、「ああ、そういえばこのゲームは死ぬんだっけ?」と答える人間が大半だ。

突然《とつぜん》の出来事で、目の前で仲間が淡《あわ》い光に包まれて姿を消していく。

なにかの魔法《まほう》だと思った——。

そう思ったのは、一人ではない。または「ゲームの演出《えんしゅつ》だろ?」と思う者もいる。けれど、違《ちが》う。もう、消えていった人は帰ってこない。そう理解するのは、きっと時間が経《た》ってからだろう。

HN『ゴウ』というプレイヤーは、風を使い、刃を操《あやつ》って人を襲いだしたPKにやられたくなくて、自分の車の運転席へ逃《に》げ込んだ。腕《うで》に切り傷《きず》が生まれていた。痛《いた》いけど、でも、だいじょうぶ。このゲームには回復《かいふく》魔法があるのだ。だからすぐに治る。ゲームだもの。

　意外になんとかなると思っている自分がいた。

　いつまで経っても車へ逃げてこない仲間を不思議に思い、車窓《しゃそう》から外をながめてみると見知ったケータイが路面に転がっていた。酷《ひど》く破壊《はかい》されている。ああ、そうか。ケータイを壊《こわ》されたのか。バカなやつだ。あのケータイは高いのだと言っていたのに。なにをしているんだか……。ああ、そうか。ケータイを壊されるとやられちゃうんだっけ。

　でも、きっと平気だろ。だって、魔法があるんだぜ？

　だから、人を蘇《よみがえ》らせる魔法くらいあるに決まっている。

　しょうがないやつだ。この事件《じけん》が収《おさ》まったら、魔法使いの知人に頼《たの》んで彼を蘇らせよう。

　だってゲームだしな。仕方ないやつだ。

　と、気づいてみたら車体の周囲を刃がいくつか囲んでいる。あら？　見つかってしまったか。まいったな。痛いのは苦手なんだ。どうしよう？『死』ぬんだろうか？

　そう考えているうちに、後部座席《ざせき》の車窓を割《わ》って刃が入り込んできた。おいおい、窓を壊すなよ。この車は親父《おやじ》から借りている車なんだ。また傷つけたら文句《もんく》を言われるじゃないか。

　そう考えているうちに、刃が助手席に置いていたケータイになんなく突《つ》き刺《さ》さった。あちゃー、壊されちまった。どうすっか。そういや、画面がくるくる回る最新型のケータイが売り出されていたな。次はそれにしよう。

ま、いいか。考えるのはあとにしよう、蘇ってからだ。ったく、誰がオレを蘇らせてくれんのかな？　おー、体が光ってる。そうか、これでオレは『死』ぬんだ。へぇ。しかし、なんでみんなあんなに必死に逃げ回るのかね。そんなに恐《こわ》いのか？ハハハ。まったくさ、笑っちゃうよな。たかがゲームぐらいで……。


プレイヤーを蘇らせる魔法はない――。

このゲームのルールのひとつを光也は思い出していた。そこまでこのゲームは『ゲーム』ではない。

結局の話、このゲームは『クソゲー』なのだ。

「ハハハ。これは、まいったな。キミは『エイブル』か？　クリア寸前《すんぜん》の。百になったプレイヤーはオレの範囲外《はんいがい》なんだが……。ぜひクリアしてくれ。キミは選ばれ、目的を叶《かな》える素晴《すば》らしいプレイヤーだからな」

興味《きょうみ》がないように霧乃を一瞥《いちべつ》すると、田鍋は光也たちに向き合った。

「待ちなさい。あなたは、何者？」

霧乃の問いに田鍋はニヤリと笑い、

「オレの名前は『タスラム』、一年前にクリアした身の者だ。ついでに言えばそこにいる紅葉ちゃんの兄の元・友人で、本名は田鍋直人。こんなとこでいいかな？」

挑発《ちょうはつ》するように言った。

クリア──。『革新者《イノベーター》』──。

その事実に三人は驚愕《きょうがく》した。黄色のレインコートの人物や双子《ふたご》のアーサーだけではなかった。そんな驚《おどろ》きに気づきもせずに田鍋は続ける。

「ああ、紅葉ちゃんのお兄さんを殺したのもオレだ」

紅葉にニッコリと微笑《ほほえ》みかけた。

「兄さん。こんなゲームになにを思い、なにをしようとして、どうして死んでしまったの……？」

田鍋の笑みに、紅葉は苦渋《くじゅう》に満ちた表情を浮《う》かべて小声でそう言った。

「──あなたが私に興味がなくとも、こちらはあなたに用があるの」

霧乃は右手を前へかざし、いつでも攻撃《こうげき》の撃《う》てる態勢《たいせい》を作った。殺気を感じ取ったのか、田鍋は改めて霧乃のほうに視線《しせん》を向ける。

「せっかく百になったんだ。戦闘《せんとう》など無意味だとは思わないか？　その状態で勝っても負けてもなにも得られない。しかし、それでも——」

田鍋の周囲に浮かんでいた刃のいくつかが凄《すさ》まじい速度で霧乃のほうへ飛び出した。

霧乃は向かってくる刃に対して炎《ほのお》の球体を数個《こ》飛ばしていく。両者の攻撃は勢《いきお》いよくぶつかりそうになったが、刃が意思を持ったように軌道《きどう》を変えた。炎の球体を避《よ》け、霧乃へと向かっていく。しかし、避けられた炎の球体もUターンをして刃を追う。

宙《ちゅう》で高速の刃と炎の追いかけっこがはじまった。その間に霧乃が指で数度だけケータイを打つと、炎は宙で爆発《ばくはつ》し、追いかけていた刃をその衝撃《しょうげき》で弾《はじ》き飛ばした。弾かれた刃は路面や柱に突《つ》き刺《さ》さったが、それだけでは飽《あ》き足りずに路面や柱に大きな亀裂《きれつ》を作らせた。

「！」

その刃の威力《いりょく》に光也たちは驚いた。

刃が突き刺さったぐらいでコンクリートにあそこまで大きな亀裂が入るものか？

確かに爆発の勢いがついただろうが、あそこまで刃に効果《こうか》を与《あた》えるものか？

光也は疑問《ぎもん》を感じながら足元近くに突き刺さった刃を抜《ぬ》き、注意深く観察した。

——傷がない。

その刃は霧乃が放った炎の爆発による影響《えいきょう》や、路面に突き刺さった影響を微塵《みじん》も感じさせないほど、刀身がキレイだった。刃こぼれひとつしていない。

こんなことができるのは――狩人《かりゅうど》。手元から放たれた得物に力が宿り、放った得物を硬《こう》化《か》させられる狩人だけだ。魔法使いが魔法で操《あやつ》ったところで、刃物《はもの》は通常の強度のままだ。

霧乃も路面に落ちた刃を観察していた。

「……どういうこと？」

霧乃は光也同様に疑問《ぎもん》を感じたらしく、刃にちらりと視線を向けながら口に出した。訊《き》かれた田鍋は口の端《はし》を大きく吊《つ》り上げる。

「なに、ただの魔法と狩人能力《のうりょく》の混合技《こんごうわざ》だ」

「そう、それがクリア後にあなたがゲームに頼《たの》んだ願いなのね？」

霧乃の真剣《しんけん》な問いに、田鍋は間の抜けた表情を見せたあと、「ふっ」と吹《ふ》き出して腹《はら》をかかえて笑った。

「おいおい、まさかいまだにクリア後に『どんな願いでも叶う』なんていうありえないことを信じているのか？」

ハッハッハ、と心底愉快《ゆかい》そうに田鍋は笑う。その行為《こうい》に顔を紅潮《こうちょう》させて怒《いか》りをあらわにした霧乃は路面を勢いよく踏《ふ》んだ。

「なにがおかしいの！　私は……、私はそのためだけに一年間死ぬ気で駆《か》け抜けてきたわ！　誰だって、『どんな願いでも叶う』と言われれば夢《ゆめ》や希望を見出《みいだ》すわ！　それを笑うのだけは許《ゆる》さない！」

霧乃は肩《かた》を震《ふる》わせ、息を切らせながら、思いを吐露《とろ》した。

光也はこんなに激高《げっこう》する霧乃を初めて見た。普段《ふだん》は冷静で常《つね》に全身から力強さを放っていた少女が、ただ怒りの言葉を発したのだ。

それだけ、霧乃にはクリア後の『願い』が大切だということだ。

霧乃の激高を見た田鍋はピタッと笑いを止めて、真剣な面持《おもも》ちになった――と思ったら、口の端を上げた。

「そうだな。このゲームを生き抜いたキミは、確かに畏敬《いけい》の対象だ。――しかし、キミの願いが叶うかどうかというと、叶わないかもしれない」

「どうしてあなたがそう言えるのよ！」

「ラスボスを倒《たお》したあと、クリア後の願いは、三択《たく》しかない。オレの能力もその中から選んだに過ぎない」

田鍋がケータイを打つと、すべての刃が彼の周囲に集まり――霧乃の手の中にある刃も戻《もど》っていった――霧乃、光也、紅葉のほうにそれぞれ刃先を向けた。刃ひとつひとつから殺気が発せられている。直撃はマズイ——。

「キミは刃《やいば》を操る技を疑問に感じたようだったな。刃を操るには、風の魔法などを使わなくてはならない。だが、それは風の勢いがついただけのものとなるはずだ——と。ところが、オレの刃には狩人の力までもついている。なぜか？」

田鍋は両腕を大きく広げた。五指すらも大きく広げる。

「オレのレベルは、現在百七十八だ——」

ヒュンヒュンと風きる音を立てて、刃は風とともに光也たちに襲《おそ》い掛《か》かった。霧乃は先ほどと同様の追尾《ついび》、爆破する炎《ほのお》の球体を十個ほど放った。

紅葉はかまえていた矢を放ち、刃をひとつ落とすと、さらにもうひとつに狙《ねら》いを定めた。

光也は木刀を前へかまえ、飛来した刃をたたき落とそうとしたが、刃は光也の木刀を真っ二つに切り崩《くず》し、光也の体に襲い掛かった。

「くっ！　うわァァ——ッ!!」

光也はたまらず身をかがめた。だが、刃は許すことなく丸くなる光也に降り注ぐ。ケータイをふところに隠《かく》し、全力で守る。これが壊《こわ》されたら、すべてがおしまいだから。

炎に追われる刃は、互《たが》いに照準《しょうじゅん》を合わせて飛んでいき、寸前でUターンした。各刃を追尾していた炎の球体はUターンしきれずに、炎同士でぶつかりあい、宙で爆発した。

自由になった刃は霧乃の体を切り刻む。小さな悲鳴をあげて霧乃は身をかがめて、前方へ転がる。転がる最中もケータイのボタンを操作《そうさ》している。

霧乃は体を起こしざまに自分の周囲に氷の壁《かべ》を作り出した。向かってくる刃は氷の壁に突き刺さり、突き破《やぶ》ろうとするが、霧乃は内側から氷の厚《あつ》さを増《ま》していく。霧乃の目の前の氷の中で刃はやっと勢いをなくしたようだ。

紅葉を襲う刃は、動きで翻弄《ほんろう》し、スキをみて矢の入った矢筒《やづつ》を紅葉から切り離《はな》して、路面へ落ちた矢筒ごと容赦《ようしや》なく矢を切り刻んだ。紅葉の持っている弓も壊した。手元の得物を失った紅葉の太ももに刃のひとつが深々と突き刺さり、彼女は顔を苦痛《くつう》に歪《ゆが》めてひざをついた。

「やはり、クリア寸前《すんぜん》の彼女しかオレの攻撃に対処《たいしょ》できなかったか……」

田鍋は愉快《ゆかい》そうに三者を見渡《みわた》した。紅葉は痛みに耐《た》えている状態で田鍋をにらみ、光也はうつぶせの状態で倒れていた。

霧乃は息を切らせながら、唯一《ゆいいつ》立っていた。

「……百七十八？　なによ、それ？　いったい――」

「クリア後の三択《たく》――一つ目は『自分以外で二人までのプレイヤーをゲームから降《お》ろさせる』、二つ目は『クリア後も、ゲーム外でもゲームの力を使うことができる』。三つ目、これがオレの選んだ選択だ。よく、RPGでもあるだろ？　『強くてニューゲーム』。レベルを引き継《つ》いで二周目ってやつだよ。一周目で魔法使いを、二周目で狩人を選んだわけだ」

「……それが、このゲームの最後だというの？」

「ああ、そうだ」

言いながら、田鍋が指をクイっと動かした。

そのとき、まだ残っていた刃のひとつが光也のケータイ画面に深々と突き刺さった。

「神崎さん！」

紅葉の悲鳴に近い声があがった。

その瞬間《しゅんかん》、光也の意識《いしき》が途絶《とだ》えた。

『……どうなった？　オレはどうなったんだ……？』

意識の混濁《こんだく》する光也が目を少し開けると、そこは路面だった。自分が倒《たお》れていることがわかった。

『そうか、やられたんだオレ』

歪《ゆが》む視界《しかい》で戦いの状況《じょうきょう》を見ようとする。しかし、最初に目に飛び込んだのは壊れた自分のケータイだった。

銀色の刃が深々と自分のケータイの画面を突き刺していた。見たこともない器具が画面の下から飛び出している。

ああ、そうか。あーいうのを使ってケータイを作っているのか……。

いや、違《ちが》う。オレ、死ぬんだ。死ぬのか……。でも、死ぬって実感がない。まるで、ゲームの中の自分の分身が敵《てき》にやられたような感覚。そうか、これはゲームだ。ゲームなんだ。でも、死ぬ……？　嫌《いや》だな、まだ高校生なのに……。目標も夢《ゆめ》もなく、作れないのなら、それは死んでいることと同じなのかな？　でも、もっていなくても生きていけるよな。そんなものなくても人は生きていけるはずなんだ。目的や目標に上も下もないよな。たぶん、そうなんだ。ゲームに夢や目標を世話してもらう必要なんてないんだ。

『そうだよ』

耳に誰《だれ》かの声が届《とど》いた。懐《なつ》かしくて、もう聞こえないはずの声。

『でもね、それだと私たちは捨《す》てられてしまうんだ。だから――』

目の前のケータイに誰かの白い手が触《ふ》れた。体温の伝わってきそうにない白い手。それがそっと、ケータイをやさしくなでている。

『私たちに世話をさせてね』

誰かの暖かい手が光也の頰《ほお》をなでた。

（やっぱり、このゲームはクソゲーだね、ミィ……）


のろのろと立ち上がった光也は、一向に光って消える気配がなかった。ケータイを拾い、腰《こし》のベルトを抜《ぬ》き放った。

その姿《すがた》に霧乃も紅葉も田鍋も驚《おどろ》いた。

彼はケータイから刃を抜くと確《たし》かな動きで当たり前のようにボタンを打っていく。

確かにケータイは動かせないほどの損傷《そんしょう》が――ない。

ない？　傷が消えているの？

光也の手の中のケータイはまるで新品のように傷ひとつない状態のようだった。

へなへなとしおれていたベルトは途端《とたん》に力が宿り、ピンと天へと垂直《すいちょく》に立った。

「よくわからないが、どうやらまだ死んでいないようだな。まあいい」

田鍋は周囲に浮《う》いている刃を光也に向け、一気に向かわせる。様々な角度から、高速の刃が襲い掛かる。光也はベルトを一振《ふ》りした。凄《すさ》まじい剣風《けんぷう》が巻《ま》き起こり、刃はぐらぐらと宙で力を無くしていき、下へカランと落ちた。

次に光也はベルトを足元へ突き立てた。その瞬間《しゅんかん》、駐車場《ちゅうしゃじょう》が激《はげ》しく揺《ゆ》れ、路面が大きな亀裂《きれつ》を作り出して田鍋のほうへ一直線に走っていく。あまりの揺れに紅葉や霧乃はバランスを崩《くず》してひざをついた。天井《てんじょう》からはパラパラと塵《ちり》が降《ふ》ってくる。

田鍋の足元が崩れ、足が路面に軽く埋《う》もれた。

「くっ！」

毒づく田鍋の眼前《がんぜん》に迫《せま》りくる者があった。

「うおォォォォ――――ッ！」

ベルトをいままさに振り下ろそうとする光也。足が埋もれ、一瞬身動きができない田鍋は指先だけ動かしケータイを打って、自分の前に淡《あわ》い青色に光る魔法《まほう》の壁《かべ》を作り出した。さらに指を動かし、今度は自分の体を強化するサポート魔法を使う。一瞬の間だったが、それは恐《おそ》ろしいまでに練り上げられた経験者《けいけんしゃ》の動きだった。

――が、光也のベルトは田鍋の魔法の壁をなんなく両断《りょうだん》し、田鍋の胴《どう》に鋭《するど》く食い込んだ。腹部《ふくぶ》の圧迫《あっぱく》と激痛《げきつう》に大きく口を開けて、田鍋は『く』の字に体を折った。田鍋が前方に倒れる寸前《すんぜん》に光也はベルトを田鍋の体から引き抜いて、田鍋のあごに向けて今度は振り上げた。ベルトはあごに直撃し、田鍋はそのまま崩れ、

「……ずるいな、改造ツールか……よ……」

そう苦笑いして路面に突《つ》っ伏《ぷ》した。

光也は肩《かた》で息をして、田鍋から間隔《かんかく》を開けて路面にへたり込んだ。

一部始終を見ていた霧乃は気になって光也をステータス表示魔法で調べた。ケータイの画面には信じられない結果が記されていた。

――レベル、九百九十九。

それはおそらくMAXレベルなのだろう。おかしい。いったいなにが……。

霧乃はとりあえず、戦闘《せんとう》モードを切って紅葉のもとへ急いだ。模擬戦《もぎせん》モードにして、彼女の太ももの治療《ちりょう》をおこない、路面へ座《すわ》り込んだ光也のもとへ紅葉とともに向かう。

すでに光也のベルトは力を失い、本来のベルトの姿《すがた》に戻《もど》っていた。

「神崎くん――」

霧乃は話しかけようとするが、光也の頬《ほお》に涙《なみだ》が一筋《ひとすじ》流れたことに気づき、言葉を止めた。その涙が意味することをいまの霧乃はわからない。でも、光也がなにかを感じ、彼になにかが起こったのだとそれだけはわかった。

「くっ……」

田鍋は路面にひざを立てて身を起こした。苦しそうに息を吐《は》き、口元からは血が流れていた。光也にあごを下から打ち込まれたときに口の中を切ったのだろう。

視線《しせん》だけに殺気を込めて、光也を見つめる。

「キミは、どうしてそんなことを――」

言い切る前に田鍋は言葉を止めた。いや、止められた。彼の胸《むね》に竹刀《しない》が突き刺《さ》さったか
らだ。同時に手元のケータイにもドラムのスティックのようなものが突き刺さった。ゴブ
ッと口から大量の血を吐き出し、田鍋は顔を地下駐車場の入り口に向けた。

そこには黄色いレインコートに身を包んだ人物が立っていた。

レインコートの人物が、田鍋が入り口付近で殺したプレイヤーの得物であった竹刀とス
ティックを投げたのだ。

田鍋は驚《おどろ》いた様子で、目を見開いてレインコートを見つめた。

「……どうして、おまえが……。おまえは……一年前に……」

そこまで言って、田鍋はなにかに気づいたように苦笑いした。

「……そうか、そうやっておまえは……今度はオレを殺すんだな……」

田鍋の体は淡い光と化していき、徐々《じょじょ》に分解《ぶんかい》されて粒子《りゅうし》となって空へ舞《ま》っていった。

それを見届《みとど》けると、レインコートはきびすを返して出入り口のほうへ向かっていく。

霧乃は駆《か》け出し、レインコートの人物のほうへ向かっていった。光也と紅葉も顔を見合

わせ、霧乃とレインコートの人物のあとを追った。

2

先ほどまで降《ふ》っていた雨は止《や》み、夜の空に満月が神々《こうごう》しく浮《う》かんでいた。

光也と紅葉が地下駐車場から外に出て、入り口付近でキョロキョロと見渡《みわた》すと、ビルの角を曲がっていく霧乃の後姿を捉《とら》えた。それを追っていく。

人気の無いほうへ向かっていき、薄暗《うすぐら》い公園の中に入っていった。

うっそうと茂《しげ》った公園の木々が不気味で、錆《さ》びた電灯は光を点滅《てんめつ》させていた。月明かりがなかったら不気味この上ない。

電灯の下で霧乃は足を止め、レインコートの人物も前方で足を止めていた。光也と紅葉も二人から少し離《はな》れた位置で足を止めた。

夜の公園は、人気が無く静まり返っていた。唯一《ゆいいつ》、虫たちの音だけが聞こえてくる。

レインコートの人物はこちらを向いた。フードを深く被《かぶ》っており、顔はわからない。

「――仲間じゃなかったの？　彼は」

霧乃が静かに訊《き》いた。

「外からあなたが、内から彼が、そうやってクリアというものに近づいたプレイヤーを殺してきたんじゃないの？」

霧乃の問いにレインコートの人物は答えない。ただ、無言で霧乃たちのほうに向いているだけだ。だが、沈黙《ちんもく》はすぐに破《やぶ》られた。

『――一年前、オレたちは、偶然《ぐうぜん》にこのゲームに入り込んだ……。「運命」と言えばそれまでだが、オレたちはこのゲームのなかで現実《げんじつ》社会では得られなかった夢《ゆめ》や目的を見出《みいだ》した。それは、オレたちを幸福にし、充実感《じゅうじつかん》をもたらし、希望を与《あた》え、そして狂《くる》わせた』

ボイスチェンジャーで変えられた声は、確《たし》かに悲哀《ひあい》に満ちていた。

すると、レインコートの人物はゆっくりとフードを取った。

「それでも、オレたちは確かにあのとき、夢を持って生き抜《ぬ》いていったんだ」

そこに立っていたのは、紛《まぎ》れもない堂島慎太郎だった。

紅葉は呆然《ぼうぜん》と立ち尽《つ》くし、光也は目を見開いて息を呑《の》んだ。霧乃は驚きもせず、目を細めただけだった。

「紅葉、悪かったな……。雄二はゲーム内で死んだ。オレたちが殺したんだ。騙《だま》すつもりはなかった……。ただ、オレも知りたかったんだ。あのときなぜ雄二は……」

突然《とつぜん》、堂島の体は淡《あわ》い光に包まれた。しかし、堂島は動揺《どうよう》するようすも見せずに微笑《ほほえ》みを浮かべていた。

「……そうだな、オレはおまえたち、、、を裏切《うらぎ》ったんだ。こうなるのは、当たり前か」

徐々に堂島の体は崩《くず》れていき、空へ一粒《つぶ》一粒の光の粒子が舞っていく。

「慎太郎くん……」

紅葉の戸《と》惑《まど》っている表情を見て、堂島は苦笑《くしよう》した。いや、堂島の瞳《ひとみ》は紅葉から、彼女の兄である雄二を見ていたのかもしれない。

「お節介《せつかい》好きなゲームだよ……、二度もオレをこのなかに入れさせた。あのときに、終わりでよかったんだ……、本当はわかっていたんだ。雄二は——」

なにかの答えを言い終えるまえに、堂島の体は光と化しパッと崩れ、満月に舞い昇《のぼ》るように空へ消えていった。

静かな夜だった。虫しか鳴かないほどの静かな夜。

堂島慎太郎は、この世から消えてしまった。

急の出来事に悲しむ素振《そぶ》りも見せないで三人は、ただ顔を伏《ふ》せているだけだった。

「——どうして」

光也は疑《ぎ》問《もん》を口にしていく。

「どうして、堂島さんが……」

「クリア目前のプレイヤーを説得したり、クリア後のプレイヤーを殺していたのが、彼だったってことよ。二人がどういう繋《つな》がりを持っていたのかはわからないけれどね」

霧乃が静かに答えた。

「……兄を殺したって言ってた。二人で、一緒《いっしょ》に殺したって……」

そこまで言って紅葉は消え入りそうな声を止めた。

納得《なっとく》できない光也は続ける。

「でも、攻撃《こうげき》も何もしていないのに堂島さんはなんで消えなくちゃいけないんだ？　あれは、あの光は死んだってことだろ？」

「あなたがネットゲームの管理者なら、ルールを無視《むし》して暴《あば》れまわっているプレイヤーをどうする？　いままで見つけられなかっただけで、やっと捕捉《ほそく》したとしたら」

霧乃に問いを投げかけられる。その問いの答えは簡単《かんたん》だ。

——ゲームから除外《じょがい》させる。

それがわかると光也は悔《くや》しそうに奥歯《おくば》を噛《か》んだ。

そんなとき、霧乃はなにかの気配に気づいた様子だった。堂島がいた位置の奥《おく》のほうに、いつの間にか電灯にギリギリ照らされる人影《ひとかげ》がある。

光也は目を凝《こ》らして、その存在《そんざい》を確認《かくにん》して驚《おどろ》いた。

「ミィ……？」

口に出して、その存在を呼《よ》んだ。

ノースリーブのブラウスにホットパンツ姿《すがた》の三つ編《あ》みの女の子、確かにミィ以外の何者でもなかった。彼女はニコリと微笑《びしょう》を浮かべている。

「どうして……？」

そうだ。彼女はあのとき、いまの堂島さんのように光になって——

ミィへ歩み寄ろうとしたとき、霧乃が光也を手で制《せい》した。

「……ダメ、彼女に近づいてはダメ」

光也の顔も見ずにキツイ口調で霧乃は言う。

「どうして？」

「あの子は、ずっと私たちの行動をあなたを通して見ていた……ＮＰＣ《ノンプレイヤーキャラ》なのよ」

ＮＰＣ《ノンプレイヤーキャラ》——ゲーム内でコンピュータによって動かされるゲームの中の住人。つまり

——


「そんな、じゃあ……」

「そう、あの子はこのゲーム自身——いえ、それの一部なんでしょうけど、どちらにしても監視者《かんししゃ》だわ……。プレイヤーに化けてプレイヤーを監視していたのよ」

「ユウも？」

こくりと霧乃はうなずいた。

にらむように霧乃は彼女を見ていた。霧乃は最初からミィの正体を薄々《うすうす》感じていたようだった。だから、霧乃はミィとの接触《せっしょく》を拒《こば》んだ。憑《と》りつかれたくなかったからだろう。

ミィは光也に微笑《ほほえ》みかけながら、「またね」と口だけ動かして、闇《やみ》へスーッと消えていった。

「なんでオレなんかに……」

そう言って、光也は先ほどの霧乃の言葉を思い出す。

――あなたがネットゲームの管理者なら、ルールを無視して暴れまわっているプレイヤーをどうする?

光也は知ろうとした。ゲームの真実を。このゲームがなぜあるのか、それを知ろうとしていた。

ゲームを作る者ならば、ゲームを作る裏側《うらがわ》の真実を知られたくはないだろう。ゲームは楽しむものだ。だから、純粋《じゅんすい》にゲームを楽しむプレイヤーたちに疑念《ぎねん》を持たせるようなプレイヤーを快《こころよ》く思わない。

そう、だから彼女は自分を監視していたんだ――。

でも――

じゃあ、なぜオレをさっき助けたんだ？　いや、操《あやつ》られてた？　自分で自覚がないだけで……。

そう考えると光也は心底身震《みぶる》いした。所詮《しょせん》、自分も——。

そんな光也に霧乃は静かに言った。

「それが、あなたの『イベント』だったのよ。いえ、『私』たちの、か……」

その瞳《ひとみ》は哀《かな》しみを映《うつ》していた。

そう、所詮、オレたちは作り手にとってプレイヤーに過《す》ぎないんだ——。

3

「ほら、紅葉」

笑顔でそう言うと慎太郎くんはチョコレートをくれた。

慎太郎くんは紅葉が小さいころから、紅葉を妹のようにかわいがってくれた。毎回家にくるたびにチョコレートやお菓子《かし》を買ってきてくれた。高校生になって、恥《は》ずかしいと言っても慎太郎くんは変わらず買ってきてくれた。

実の兄の雄二に「甘《あま》やかすなよ」と注意されたこともあったようだ。

思えば、慎太郎くんは会うたびに笑顔であり、それ以外の顔など見たことがなかった。

初めて悲しい顔を見たのは兄・雄二の葬儀《そうぎ》のときで、怒《おこ》った顔は『Innovate』に参加するまで見たことがなかった。

慎太郎くんは、このゲームにいつも怒った表情を浮《う》かべ、たまに酷《ひど》く悲哀《ひあい》に満ちた表情をしていた。

一年半前から兄たちの友人になった田鍋直人くんは無表情《むひょうじょう》で、愛想《あいそ》がなく、目が鋭《するど》くて怖《こわ》い印象だった。けど、頭が良くて勉強を紅葉に教えてくれた。テストで満点を取ったとき、少しだけ笑顔《えがお》を浮かべて紅葉をほめた。

そして、兄はいつも紅葉にやさしかった。

その三人が、いなくなった。

もう、紅葉たち以外に彼らを知る者はいない。彼らの肉親はすでに彼らの存在《そんざい》を記憶《きおく》から消し去られてしまっている。社会的にも彼らの存在は抹消《まっしょう》されてしまっている。なかったことにされてしまった。

この最低のゲームに関《かか》わり、彼らは何かを見出《みいだ》し、何かを求めて、そして何かに消されてしまった。

彼らは何かを得たんだろうか？　いや、得たのだろう。だから、消えたのだ。

得て満足だったのだろうか？　後悔《こうかい》はしないのだろうか？

もう彼らは答えてくれない。ゲームも答えてくれない。誰も答えをくれない。

結局、彼らにどんなことがあって、友を殺すという結末を選んでしまったのか……。それはもう、わからない。

嘘《うそ》か幻《まぼろし》か。

兄、紅葉、慎太郎くん、直人くんの四人で写した写真の中の自分たちは酷《ひど》くリアルに笑みを浮かべていた。

わかっている。彼らが作り出す笑顔は、何かをゲームに見出した微笑《びしょう》なのだと。

「ここでいいの?」

光也は霊園《れいえん》の一角の背《せ》の高い木の下にスコップで穴《あな》を掘《ほ》り出した。

紅葉と共に霊園に来ている。京本《きょうもと》家の墓《はか》をお参りしたあと、霊園の一角にある木の下に移動《いどう》したのだ。

二十センチほど掘って、紅葉はバッグから壊《こわ》れたケータイを三つ取り出した。

ひとつは紅葉の兄の、ひとつは堂島の、最後は田鍋の。

仲良く三つを木の下の穴へと置く。

「いい？」

光也の言葉に紅葉は小さくうなずいた。ケータイに土がかけられていく。徐々《じょじょ》に姿《すがた》が埋《う》められていく。その姿を見て紅葉が涙《なみだ》を一筋頰《ひとすじほお》へ伝わせた。それを傍《そば》で見ながらも光也は手を休ませずに土を被《かぶ》せ終えた。

「……これで、あの人たちは解放《かいほう》されたのかな？」

光也の静かな言葉に紅葉は首を横に振《ふ》った。

「たぶん、それは無理。私たちが彼らを忘《わす》れないかぎり、私たちが消えないかぎり、彼らは結局ゲームのプレイヤーに過ぎないのよ……。私を含《ふく》め、彼らに関与《かんよ》したプレイヤーはそれがすべてだと思ってしまうから……」

紅葉は悲哀に満ちた、けれどもやさしい笑顔を浮かべていた。

「でも、こうやって隠《かく》してあげることはできる。自由になれる日まで……」

そのあと二人は霊園を出た。

直後、二人のケータイが同時に鳴動した。

一気に緊張《きんちょう》が張《は》り詰《つ》めた。それはゲームの合図——。

敵《てき》？

緊張のなか、恐《おそ》る恐るケータイを取り出す二人。一度、お互《たが》いに目を合わしたあと、画面に視線を移《うつ》した。

そして、二人は同時に驚《おどろ》きに包まれた。画面に映《うつ》し出された文章は二人を驚愕《きょうがく》させるには十分だったからだ。

『ご苦労様でした。あなたはゲームを終えることになりました。いままでご利用ありがとうございます。またのプレイをお待ちしております』

二人の画面には同じ文面のものが記載《きさい》されていた。

呆気《あっけ》に取られながらも、二人はケータイをいつものように模擬戦《もぎせん》モードに変化させようとした。

しかし、二人のケータイは二度と不可思議《ふかしぎ》な力を生み出すことはなかった。

「どういうことだよ……」

光也は呆然《ぼうぜん》とその場で立ち尽《つ》くすことしか出来なかった。


空は快晴《かいせい》だった。絶好《ぜっこう》の外出日和《びより》だ。半袖《はんそで》でも暑いぐらいだ。

霧乃は、白いワンピースに、麦わら帽子《ぼうし》を被《かぶ》って病院へ向かっていた。

手さげカバンを肩《かた》にかけ、手には果物《くだもの》の入ったバスケットが握《にぎ》られている。もう片方《かたほう》の手には包まれた花。

堂島が消えた日から三日過ぎていた。

神崎光也とはあれから会っていない。メールで近況《きんきょう》を報告《ほうこく》し合っているが、しばらくゲームには参加したくないと言っていた。

京本紅葉とも連絡《れんらく》をしているが、こちらのほうが心配だ。知りたかった真実があんなかたちで決着がつくとは。

今日は二人で墓参りに行くという。都合のつかなかった霧乃は後日改めて訪《おとず》れようと考えていた。

あれから光也たちは電蜂《デンパチ》をしていないようだ。

どちらにしても今回のことで二人が知った真実はあまりに大きい。それを抱《かか》えきれるほどの強さを持てるようになるには時間がかかることだろう。いまは、起きたことを受け止めているだけでせいいっぱいのはずだ。

皮肉だと思った。

嫌《いや》な現実《げんじつ》を一時《ひととき》でも忘れるためにゲームはあるはずなのに、『Innovate』というゲームは嫌なことをプレイヤーの前に次々と出してくる。まるで、それを超《こ》えることによって成長させようとでもいうように——。

――いや、案外それがゲームのやりたいことではないだろうか？

そうだとしても、自分の選択《せんたく》は定まった。

クリアしてもゲーム内の能力《のうりょく》を使えるようにする――。それが霧乃の選ぶ選択。魔法使《まほうつか》いの能力には実世界で効果《こうか》を十二分に発揮《はっき》できる力がいくつもある。回復魔法、補助《ほじょ》魔法、特殊《とくしゅ》魔法、それらの中に母の病に効果が示《しめ》せそうなものがある。実際、ゲーム外の人間の病に対して使用することは初めてだが、可能性《かのうせい》はゼロではないのだ。このままなにもしないでいるよりも遥《はる》かに希望はある。

母を救う――。

そう決心した霧乃は病院の扉《とびら》を開けて、中を進んでいく。

正午をまわってすぐなので、昼食を終えた患者《かんじゃ》たちが休憩所《きゅうけいじょ》のイスに座《すわ》って、テレビを見ていたり、患者同士で談笑《だんしょう》している。

「あら、静香《しずか》ちゃん。お母さんのお見舞《みま》い？」

「はい。おばさんは今日もお元気のようですね」

そんなあいさつを患者と交《か》わし、母の病室に向かっていく。

母の病室の扉《とびら》をノックする。中から「はーい」という母の声が聞こえ、霧乃は扉を引いた。

母はまた雑誌《ざっし》に目を落としていた。霧乃に気づき、微笑《ほほえ》んだ。

「あら、今日は白いワンピースなのね」

娘《むすめ》の服装《ふくそう》を見て言う母に向かって、霧乃はその場でモデルのように一回転する。

「変？」

「いいえ、よく似合《にあ》っているわ」

母は霧乃が手に持つフルーツかごに目をやった。

「あら、フルーツ？」

「だって、リンゴが食べたいって言ってたでしょ？」

霧乃は果物の入ったバスケットを棚《たな》の上に置き、ヒヤシンスの入った花瓶《かびん》を持った。白と黄色のヒヤシンスは不思議と早々に花をしおれさせていた。

「これに替《か》えてくるね」

包まれた新しい花を持って、霧乃はそう言う。

母は改めてヒヤシンスを見てつぶやいた。

「ヒヤシンス、キレイだったわね」

「……そうだね」

「彼は、元気にしているかしら？」

その言葉にぴくりと霧乃は反応《はんのう》したが、笑顔を作り、

「バイト先が見つからなくて忙《いそが》しいみたいよ？」

と答えた。「そういえば、そんなこと言っていたかしらね」と母は言った。

それでいい。アーサーはもうこの世にいないのだ。

ゲームをプレイしているときに死んで、プレイヤー以外の人たちに忘れられることと、クリア後に死亡《しぼう》して出会った人々の記憶《きおく》に残ること、どちらがいいだろう？

いや、どちらもいいわけがない。

死んだら、なにも意味がない。自分も母も生きなければならないのだ。

霧乃が花瓶を持って部屋を出ようとしたとき、ふいにカバンの中のケータイが鳴った。

「こら、病院の中では切りなさい」

クスクスと母に笑いながら言われ、霧乃は苦笑いしながら、ケータイを取り出す。

――おかしい。

確《たし》かに病院に入るまえに電源《でんげん》は切ったはずだ。この病院に来るようになってからケータイを切らなかったためしはない。

不思議に思いながら、画面を見るとそこには『ラストバトルの準備《じゅんび》はＯＫ？』と表示《ひょうじ》されている。

——ゲームッ⁉

霧乃は驚《おどろ》いた。こんなところで？　そんな、敵《てき》は、ラスボスはこの病院内にいるのか？　マズイ！　ここには母や知り合いになった患者たちがいる。ここでは戦えない。相手と会ったら、外に出るか？　いや、そんなことができるか？　ならば屋上に——

「どうしたの？」

深刻《しんこく》な表情でケータイの画面に食い入る娘を不思議に思ったのか、母は訊《き》いてきた。

「だ、だいじょうぶよ」

無理やり作った笑みで霧乃は振り返った。

そのとき、ピーッとケータイが鳴り、見ると『あなたの最後の敵です』と表示され、徐々《じょじょ》に写真らしきものが映《うつ》し出されていく。

それがある程度《ていど》表示されたとき、霧乃は言葉を失った。手に持っていた花瓶を床《ゆか》に落とし、花瓶は大きな破砕音《はさいおん》を立てて四散した。水と花が床に散らばった。

「どうしたの、静香！」

困惑《こんわく》した表情で霧乃に問いかける母の姿《すがた》と、ケータイに表示されている母の画像《がぞう》の姿は一致《いっち》していた。編集《へんしゅう》され、テキストが挿入《そうにゅう》された画像には『この人が最後の敵です』と記されている。

――なにかの間違《まちが》いよ！

ブルブルと震《ふる》える指でボタンを押《お》したとき、

『Innovate!《革新せよ！》』

そう表示され、戦闘《せんとう》が開始される音がケータイから鳴った。

Last Chapter 4 clear.

廃墟《はいきょ》で最後の戦闘を待つデュラハンたちのケータイに『ラストバトルの準備はＯＫ？』という文面が表示された。

「きたか――」

意気込む三人は周囲に視線《しせん》をめぐらせて、うなずき合い、ケータイのボタンを押して次の指示を待った。

すると、ケータイがピーッと鳴り、『あなたたちの最後の敵です』と表示されて、画像が上から徐々に映されていく。

息を呑《の》み、生唾《なまつば》すら飲み込んで三人は画面に見入った。

そして、画像が映し出され絶句《ぜっく》した。そこには自分たち三人が映し出され、挿入《そうにゅう》されたテキストには『この中から一人を倒《たお》せばクリアです。手を組んで倒してもかまいません』と、記されていた。

「ど、どういうことだよ!?」

ウィリアムが困惑《こんわく》した表情で言った。声もかなり動揺《どうよう》が含《ふく》まれている。

「そ、そんな、ここまできてこのゲームはオレたちをもてあそぶのか!?」

デュラハンは、ケータイの画面をたたいた。しかし、結果は変わるわけもなく、三人で肩を組み合ってカメラに微笑む三人の姿が映し出されたままだ。

動揺がやまない三人のケータイには『Innovate!《革新せよ!》』と表示され、戦闘開始の音が鳴り響《ひび》いた。

さらに、ケータイには『三分以内に勝負がつかない場合は全員ゲームオーバーです』と表示されている。

ゲームオーバー——すなわち、『死』。

「クソ！　どうすれば、いいんだよ!?」

混乱《こんらん》するウィリアムをデュラハンは制し、

「落ち着け！　考えるんだ！　この状況《じょうきょう》を打破《だは》しなきゃオレたちは——」

言い切るまえにデュラハンの言葉が止まった。自分の四肢《しし》が氷に覆《おお》われていたからだ。

床《ゆか》に張《は》り付いた氷が、デュラハンの体を覆って動きを封《ふう》じていた。

「……これは」

こんなことができるのは、魔法使《まほうつか》いである——

「悪いな、オレは死ぬつもりも降《お》りるつもりもないんだ……」

狂気《きょうき》に彩《いろど》られたタスラムが、ケータイを打ち出していた。

「仲間だもんな。せめて、楽にしてやるよ……」

笑みを引きつらせながらタスラムは右手を身動きのできないデュラハンの眼前《がんぜん》にかざした。

「うぅ……」

見ていたウィリアムはうめき、

「ウワァァァァァァ――――ッ!!」

足元に転がっていた壊《こわ》れたイスの足のパイプ部分を拾い上げて、デュラハンに向けて槍《やり》投《な》げのフォームでかまえた。

仲間同士が殺しあおうとしている、そんな、絶望《ぜつぼう》的な状況のなかで、デュラハンの表情を見たウィリアムとタスラムは、手を震《ふる》わせた。

デュラハンは笑っていた。

苦笑《くしょう》しながら、友人の軽いいたずらを笑って許《ゆる》すような表情で、自分を殺そうとしているウィリアムとタスラムを見ていた。

すんでで手を止めたウィリアムは、ふるふると手を震わせ、涙《なみだ》を流していた。

静かに両目を閉《と》じた友人に、ウィリアムは得物を放った。

オレは大切な仲間を殺した。

なのに、あいつの体は光になって消えはしなかった。オレもあいつの身内も知人も記憶《きおく》が消えてはいない。

『Innovate』は、最後の瞬間《しゆんかん》まで笑顔《えがお》を浮《う》かべていた友人の存在《そんざい》を忘《わす》れさせてはくれなかった。

最後の最後で、このゲームで起きたすべての出来事が現実《げんじつ》だったのだと突《つ》きつけられた。

そう、オレは大切な友人を本当に殺してしまったんだ。

しかし、あのときになぜゲームが用意した『ラスボス』がオレたちの大切なモノなのか？　そしてなぜあいつは笑っていたのか……？　クリアしたオレは悶々《もんもん》と四六時中それだけを考えていた。

気づいたら、またゲームからメールが届《とど》き、あのときの真実が知りたくてオレは再《ふたた》びゲームのなかを彷徨《さまよ》った。結局、オレたちは『Innovate』の呪縛《じゆばく》から解《と》き放たれてはいなかったのだ。

あいつの妹の顔を見るたびにオレは最後の瞬間を思い出した。ゲームがあの娘《こ》をプレイヤーとして選んだ理由は知れている。そうしたほうが、ゲームとしておもしろいからだろう。

友を殺したという心の傷《きず》を持つプレイヤーと、兄が死んだ理由を探《さが》すためにゲームに参加したプレイヤー。二人は知り合いであり、殺した友は彼女の兄——。

これが家庭用のゲームなら、最高の演出《えんしゅつ》だ。ゲームはそういう要素をわざと取り入れている。『Innovate』は『ゲーム』だからだ。

オレは黄色のレインコートに身を包むことで存在を消し、雨の中へ——。

あの悲劇《ひげき》を繰《く》り返したくなくて、プレイヤーを止め続けた。もう、オレたちのように狂《くる》っていくプレイヤーを見たくなかったんだろう。

それはただのオレ、わだかまりをぶつけたかっただけだったんだ。オレのやったことを正当化したかったんだ。自分自身を否定《ひてい》したくなかったんだ。

そうするなかで、オレたちが殺した、以前のレインコートの人物を思い出していた。

あの人もオレのような思いを持って動いていたのかもしれない。そう考えたとき、わかった気がした。

『黄色いレインコートの人物』は、『ゲーム』の登場人物に過ぎないのだ、と——。

雨期の時期から夏の時期にかけて事件《じけん》が多発するのは、『黄色いレインコートの人物』のイベントのためだろう。

オレは知らずにその役目を引き継《つ》いでいた……。

どんなマネをしようとオレも、『Innovate』の登場キャラクターの一人だった。

——そうだとしても、オレは答えを見つけていた。

いや、もうあのときにわかっていたんだ。

クリアしてもオレたちはずっと仲間だ——。

そう、それがオレたちの最初の目的で、ゲームのなかで得た唯一《ゆいいつ》の確かなものだった。

それがあいつの——

オレたちの——

endless-rain.

この日本では、年間何千本ものゲームが生まれ、消費者の元にとどく。そのなかで気に入られ、最後までクリアしてもらえるゲームは何本あるだろうか？　さらにそのなかで捨《す》てられたり、中古屋に売られないゲームは何本あるだろうか？

どんなゲームもクソゲーと呼《よ》ばれるさだめにあり、良作と呼ばれるさだめにある。そのさじ加減《かげん》は、消費者一人一人の好みだ。

何十人、何百人と制作《せいさく》にたずさわり、何億もの金を使ったゲームが、たったひとつのなにかが不足しているだけでクソゲーに成り果て、中古ショップに並《なら》ぶ。どんなゲームでも、大作でもそれには逆《さか》らえない。

人が作った物には思いがこもるという。人形しかり、絵画しかり。ならば、大勢《おおぜい》の人を使って作られるゲームには思いはこもらないのだろうか？

いや、デジタル化されデータでしかないゲームにさえ、思いはこもるのではないか？

ただ、カタチを成せないデジタルなデータはどこに思いをためるのだろう？

もし魂《たましい》を得て、ゲームが『見捨てられないゲームはなんだろう？』と考え出したとしたら、彼らはどんな答えを出すだろうか？

もしかしたら、ゲームはプレイヤーを選ぶのではないだろうか？　いままで言われたいことを言われ、一方的に見捨てられたのだから、そのぐらいのことをするのかもしれない。でも、根底では見捨てられたくないと思っているかもしれない。プレイしてもらってこそ、ゲームは本領《ほんりょう》を発揮《はっき》できるというものだ。ならば、どうすればプレイヤーはプレイしてくれるだろうか？

ゲームに夢《ゆめ》や目標を見出《みいだ》すのは、無粋《ぶすい》。ならば、それを見出すことができるのが本来の目的のゲームとするならば――

そこまで書いて、光也《みつや》はパソコンの電源《でんげん》を消した。疲《つか》れた目を指でほぐし、時計を見る。

――時間だ。

外は雨が降《ふ》っている。夕方だというのにすでに空は闇《やみ》に包まれている。

絶好《ぜっこう》のコンディションだ。

一年前、『このゲームはクソゲーよ』というメールを光也と紅葉《もみじ》に送ったのを最後に霧《きり》乃《の》は消息を絶《た》った。生きているか死んでいるかはわからない。ただ、彼女の母は病院で、まるで冬眠《とうみん》しているように生きたまま眠《ねむ》り続けているという。不思議なことにその病も進行することなく、彼女の母同様に止まったままとなった。

余命《よめい》がわずかだった霧乃の母になにが起こったのか……。

ただ、彼女が選択《せんたく》したものはわかった。光也と紅葉は一年前にゲームから降《お》ろされた。ゲームへの参加資格《しかく》を失った自分たちは霧乃のことを忘れていない。それは彼女がまだ生きているかもしれないということだ。

もう、ケータイを片手《かたて》に戦う日々は終わった。いまでは夢ではないかとさえ思う。母を治したいという目的を持っていた霧乃は、いったいなにを最後に見たのか？

それはわからないが、ろくでもないことだけはわかる。

このゲームはクソゲーなのだから。

クソゲーと呼ばれることを嫌《きら》い、行き着いた先もクソゲーだった。このゲームはなにを得ようとしたのだろうか？

光也はボイスチェンジャーを手にすると、黄色いレインコートに袖《そで》を通し、家をあとにした。

黄色は『存在しない』というルール。雨の降っているこの時間のときこそ、プレイヤーを止めるには絶好の機会なのだ。

まるで、雨の日に黄色のレインコートを着込んでプレイヤーを止めるためにあるようなゲームのルールだった。

また、夢を持ったプレイヤーたちににらまれるのだろうか――そう思うと光也は鬱《うつ》になった。でも、止めなければこのゲームはいつまで経《た》っても本当の楽しさを理解《りかい》できないだろう。

途中《とちゅう》で、同じレインコートを着た小柄《こがら》な人物と出会った。彼女も苦労しているらしい。あとで励《はげ》ましのメールでも出すか。

ああ、こうやって何代も前からレインコートは雨に打たれながら、ゲームをしていたときの残りかすのような目的のために動いていたのかな……？

光也はどんより曇《くも》った空を見ながら、白い息を吐《は》いた。

「……ゲーム日和《びより》か」

結局は光也《かれ》の行いがこのゲームに自分がハマっていることになることを彼は自覚していない――

またそうやってゲームは登場人物の空いた穴《あな》を埋《う》めることになる。

あなたの新しい役は、『黄色のレインコートを着てプレイヤーを止めようとする』キャラクター。黄色は、そのキャラクターの色。
新しいあなた《ユウ》も私《ミイ》に夢中《むちゅう》だから……。
あなたはゲーム《わたし》を心の中に残してくれますか？

end-clear.

「なあ、クリアしたあと、どうする？」

ウィリアムは楽しげにデュラハンに訊《き》いた。

「なんだよ？　唐突《とうとつ》に」

デュラハンは地下駐車場《ちかちゅうしゃじょう》でキョロキョロと周囲を見渡《みわた》しながら言う。

「だってよ。こんなわけのわからないゲームに巻《ま》き込《こ》まれてよ、右も左もわかんねぇうえに先の見通しだってお先真っ暗状態《じょうたい》。んな中で楽しみを見出すのはウワサのクリア報酬《ほうしゅう》を考えるぐらいなもんだぞ？」

ため息交《ま》じりのウィリアム。先日、突然過激派《とつぜんかげきは》プレイヤーに襲撃《しゅうげき》されたのが堪《こた》えた。なんとか逃《に》げおおせたが、次に襲《おそ》われたときはどうなるかわかったものではない。

「だからこその仲間集めだろ？」

デュラハンは笑顔《えがお》で言う。

二人はこの地下駐車場に仲間を探《さが》しに来たのだ。少しでも生き残る確率《かくりつ》を上げるために。

本来、こんな仲良しこよしでクリアを目指す地下駐車場になど来たくもなかった。こうしているうちにもあちらこちらで談笑《だんしょう》、笑い声が聞こえてくる。

ここにいるプレイヤーたちは自分が置かれている情況を理解しているのだろうか？

このゲームは一歩間違《まちが》えれば死ぬんだぞ？　この世からすべてを消されてしまうんだぞ？

やはり、ここは二人の肌《はだ》には合わない。

かと言って、外で戦っている連中は大概《たいがい》話しかける間もなく襲い掛《か》かってくる。まさに話にならない。

最低限、話し合いができるこの地下駐車場で共に戦う仲間をパーティに入れようと二人は来たわけだった。

いまのところ、話は聞いてもらえるが、同志には出会えない。最初は笑顔で対応してくれるが、どうにも「外で戦う」と言った瞬間に苦い表情を浮かべ、去っていってしまう。

彼らにとって、「外」というのは耐《た》え難《がた》い現実なのだ。この、囲われた「夢《ゆめ》」の世界に逃《に》げ込んで、少しでもウソのようなこのクソゲーのシステムを和《やわ》らげたいのだ。

でも、少しでも強い敵《てき》と闘《たたか》わなければこのゲームは終わらない。

「なあ、このゲーム。本当に終わるのか？」

ウィリアムはうつむきながら言う。

「さあな。でも、進まなければ終わりはこないと思う」

目を細めながらデュラハンはそう答えた。

「でもよ――」

「あなたたち、外で闘う仲間を探しているんでしょ？」

ウィリアムの話を割《わ》って話しかけてきたのは、長い黒髪《くろかみ》の女性《じょせい》プレイヤーだった。

「え、ええ。もしかして――」

「勘違《かんちが》いしないで、私じゃないわ。私はどちらかというとあなたたちを見守るほうがいいわ。あなたたちの求める人は――」

薄《うす》く笑いながら、彼女はそう言うと、指先を二人の後方へと向けて指した。

二人がその指先を目で追ってその先を見ると、駐車場の壁《かべ》のところで一人ポツリと立っている細身の男がいた。年齢《ねんれい》はここから見る限《かぎ》り同じぐらいだろうか。鋭《するど》い目つきの人物だった。

「彼、前々から『外で戦わないか？』って訊いてまわっているそうよ。最近じゃ、ここの人たちに無視されているようだけれど」

「ありがと――」

デュラハンがお礼を言おうと振《ふ》り返ったとき、教えてくれた女性はそこにいなかった。

「……消えちまった」

ウィリアムは周囲を見渡すように言う。まるで幻《まぼろし》のようなやり取りだった。

「まあ、このゲームで戦っていればいつか会えるかもしれない。お礼はそのときに言おう」

デュラハンとウィリアムは、改めて壁のところに立つ男のもとへと足を向けた。

「なあ」

歩きながらデュラハンが話しかける。

「ん？」

「さっきの、クリア後の報酬っての」

「んだよ」

「オレは別にいらないかもしれないな」

デュラハンは笑顔を浮かべた。

「なんでだよ？　せっかくなんでもくれるってんだぜ？　もらわない手はないだろ」

ウィリアムは抗議《こうぎ》する。

「一人だったら、きっと求めたかもしれない。でも、少なくともオレには大切な友達ってやつがいる」

真顔でそんなことを言うデュラハンに、ウィリアムは小恥《こは》ずかしくなった。

「よくそんなこと真剣《しんけん》に言えるよな」

「きっと、このゲームのせいかもな。でも、だからこそこのゲームに欲《ほ》しいものを求めちゃいけないんだ。これは、『ゲーム』なんだから」

その言葉を聞き、ウィリアムは微笑《ほほえ》んだ。それは心の底からの笑顔だった。

二人の姿《すがた》が男の瞳《ひとみ》に映《うつ》った。

デュラハンは、強い思いを瞳に乗せて口を開いた。

「なあ、キミ、少し話をしないか？」

了

あとがき

はじめまして、『電蜂 DENPACHI』を書かせていただきました、ガンプラ好きの石踏一榮《いしぶみいちえい》というものです。

時は遡《さかのぼ》ること、四月某日──。

「変なところから電話が来たわ、気をつけなさい」

私は、注意を促《うなが》してくる母から電話を受け取りました。

怪《あや》しげな勧誘《かんゆう》とかそういうのが世間的に取《と》り沙汰《ざた》されていたので、いつでもはっきりと断《ことわ》れる気概《きがい》を持って電話に向かいます。

「はじめまして、富士見書房の○○というものですが、今回、『電蜂』が第十七回ファンタジア大賞特別賞を受賞しまして──」

その日、私は『石踏一榮』としての道を歩き出すことになったわけですが、いまだに両親《りょうしん》は息子《むすこ》が受賞《じゅしょう》して、小説が出せることを信じていません。大変、困っています。

実家が左官業《さかんぎょう》を営《いとな》んでいるせいか、父も母も真逆《まぎゃく》の業界にとても疎《うと》いのです。

父ちゃん、母ちゃん、息子《むすこ》はスゴイことになっていますよ。


電蜂はいかがでしたでしょうか？

思えば、この物語が生まれたのは、二年近くも前です。元々、ゲームの企画屋《きかくや》を目指《めざ》していたのですが、就職活動に失敗し、バイトを転々《てんてん》として、実家の仕事をちょびちょび手伝い、プラモデルを作りながら、人生を送っていました。

私は、ファミコンからスーパーファミコンへ、そしてプレイステーションへと次世代機の移り変わりを青春時代に生《なま》で体験した世代です。現在二十四歳。

グラフィックがどんどん進化《しんか》していく3Dの迫力《はくりょく》に興奮し影響をうけたと言えます。

紆余曲折はありましたが、そんな経験を凝縮して『電蜂』という作品を送り届けるエンターテイナーとして、皆さんの前へ出て行くことが叶いました。

この物語に明確な主人公は存在しません。

『Innovate』という理不尽《りふじん》なゲームシステムを中心に、ゲームに巻き込まれていくプレイヤーたちの物語です。ですから、主人公というものが存在するのならば、それは『Innovate』自体です。

今回は神崎光也《かんざきみつや》という高校生が、みなさんの前で電蜂《でんぱち》の中を駆《か》け回《まわ》った主軸《しゅじく》のキャラクターだったということです。

ケータイをツールとして用いた理由は、どんどん万能《ばんのう》になりつつあるから、ケータイでファンタジーなこともできるような物語を作ろうと思ったわけです。いろんな人が持っていますし、感覚としても受け入れやすいかなーと。

キャラクター作りについて。

かわいいキャラクターじゃなく、理不尽《りふじん》な世界を駆《か》け回《まわ》るカッコイイ人たちを書きたいとは思っていました。うじうじと状況《じょうきょう》に恐怖するよりも、どんどん前へ出て困難《こんなん》にぶつかって解決していこうとするキャラクターを作りたかったわけです。まあ、話自体が暗《くら》いわけですが……。

苗字《みょうじ》で呼ぶことのできるカッコイイ女の子、悪意《あくい》で向かってくる敵キャラだけは故意《こい》に作りました。

前者《ぜんしゃ》は、男の子にも女の子にも魅力的《みりょくてき》なキャラクターを作りたかったから、後者《こうしゃ》は誰にでも「ああ、こいつはやべぇ」と思わせるキャラクターが一番悪役には向いていると思ったからです。

それよりも、システム作りのほうに躍起《やっき》になっていた感じですし……。

システム周《まわ》りの調整《ちょうせい》はお互いに苦労しましたね、担当さま方。お二人がいなかったら、穴ぼこだらけでした。


それでは、この辺りで謝辞《しゃじ》をお伝えさせていただきます。

電蜂を選考なさってくださった選考委員の先生方、イラストレーターの結賀《ゆいが》さとる先生、私の担当編集であらせられるK氏、I氏、電蜂をお選びくださいまして、感謝の念が絶えません。本当にありがとうございます。

授賞式で、奥さまと共に温かいお言葉をくださった安田先生、ドムについて語りあいました神坂一《かんざかはじめ》先生、担当さんのご紹介でお会いできました冲方丁《うぶかたとう》先生、さらにたくさんの皆様方にも激励をもらいました。たくさんの方の期待を背負《せお》って、日々精進《しょうじん》していきたいと思っています。

電蜂のイラストを担当していただいた結賀さとる先生。お受けくださいまして、ありがとうございます。担当さんから霧乃《きりの》のイラストを見せていただいたとき、感動しました。「この娘は、間違いなく霧乃だ」と、そう思いました。


ここまで応援してくださった、親族、友人のみなさんへ。

たくさんの迷惑《めいわく》をかけ、たくさんのわがままを言ったと思います。体を何度も壊《こわ》し、弱音をはきかけたときもありました。けれど、それでも応援してくれる身内がいるからこそ、ここまで来れたと思っています。次につなげることが恩返《おんがえ》しだと思っていますので、これからも応援のほどをよろしくお願いします。


最後に読んでくださった読者のみなさんへ。

電蜂はどうだったでしょうか？　見る方によって、様々な思いを抱《いだ》くでしょうが、その思いのひとつひとつが電蜂のすべてだと思っています。

ですが、読者の方の心に何かをひとつでも残せたなら、大変満足です。

またみなさんにお会いしたいと思っていますので、応援のほど、よろしくお願いします。

十一月二十二日　石踏一榮

解説

富士見ファンタジア文庫編集部

絶望《ぜつぼう》の後には勇気《ゆうき》が残った——。

って、ところでしょうか？　ちょっとかっこつけながら、読後の感想をまとめると。

いやいや、そんなチープな言葉では語りきれないよ！

いったい、どういうこと？　物語の謎《なぞ》が、一回読んだだけでは、わからないぜ！

霧乃《きりの》かっこよいよ〜。いぢめられたいですぅ。お姉さまタイプっていいですよね。

光也くんに惚れてしまいました。これからも彼についていきます。

ああ、聞こえてきますよ。聞こえてきます。

全国の「電蜂《でんぱち》」に脳《のう》を浸食《しんしょく》されてしまった、みなさまの声が。

百人読者がいれば、百人が語りたくなる小説――

そう、それが「電蜂」なのです。

まだ、読まれていない方、どうですか？　ワクワクしてきましたか？　ネタバレを避《さ》けつつ。「電蜂」の解説などを少々書きますね。いや、語《かた》らせてください！（鼻息荒く！）

第十七回ファンタジア長編小説大賞の最終選考に残った六作品は、「例年のレベルを超《こ》えている」との評価を選考委員の先生方からいただきました。それは、左記の二点においてです。

「文章表現力のレベルが高い」

「小説のアイデア力が突出している」

前者に関《かん》しては「紅牙のルビーウルフ」を中心として、「読みやすく表現力、文章力に優《すぐ》れた若手がついに出てきたか！」と編集部でも話題になりました。後者に関しては「琥《こ》珀《はく》の心臓《しんぞう》」など、アイデアが豊富に盛り込まれていたり、いままでにない切り口である斬《ざん》新《しん》さを内包《ないほう》していたりと、読んだときの新鮮な驚《おどろ》きが「すげ～よ、これ！　でも、オチは自分で読んでね」とやはり編集部でも盛《も》り上《あ》がりました。

そして、結果六本すべてが受賞という結果になりました。

で、「電蜂」はというと——もちろん、後者のアイデアが突出《とつしゅつ》しているという評価を受けた作品です。

一度聞いたら忘れられない奇妙《きみょう》なタイトル。携帯《けいたい》を用《もち》いたゲームで実際に闘《たたか》い合《あ》うというストーリーライン。その裏側に隠《かく》された謎《なぞ》。各登場人物が抱《かか》えているドラマ。そして、すべてがひとつにまとまり結実《けつじつ》するラスト。

と、ここまで書くと、完璧《かんぺき》な作品のように思えますが——。

同時に欠点《けってん》も多く抱《かか》えていました。

選考委員の先生たちより、多く指摘《してき》された点でもあります。

例えばゲームのルールが、そのままテキストとして小説に流《なが》し込《こ》まれていたり。文章の視点がキャラクターの側に立っていなかったり。さらには、もっと根本的《こんぽんてき》な——（これは企業秘密《きぎょうひみつ》ってことで）。

意見は分かれましたが、安田均先生のフォローがあり、この小説の持っているエネルギーの強さが買《か》われ、特別賞を受賞することとなりました。

その欠点をチューニングしながら、電蜂《でんぱち》の抱《かか》えている熱をぐつぐつと煮詰《につ》めて、改稿に改稿を重ねたのが、本作品「電蜂」ということになります。ああ、あの暑い夏の改稿ドラマ。びしばし、どが。まさにバトル。やっているうちに著者・石踏一榮《いしぶみいちえい》は、歯がかけるというアクシデントのおまけ付き。地獄のようでした。

さておき。

最後に一つあげると、電蜂の大きなテーマに「好奇心《こうきしん》」というものがあげられます。人が持つ未知の世界を知りたいという欲求は「明日《あした》への一歩を踏《ふ》み出《だ》す」という前向きなとらえかたもできますし、「パンドラの箱」を開けて不幸《ふこう》を呼び出してしまうという負のとらえ方をすることもできます。そして、戻れない一歩を踏《ふ》み出《だ》した人々がどう生きるのか？　それこそが、電蜂という物語そのものなのです。

そう、この解説《かいせつ》を読んでいるあなたも、すでに好奇心という堪《こら》え難《がた》い衝動《しょうどう》に囚《とら》われているはずです。「電蜂」というパンドラの箱の蓋《ふた》に手をかけて――「Innovate」というゲームに参加するのはそう難《むずか》しくないのです。ゲームへの招待状《しょうたいじょう》はあなたの手元《てもと》に。あとはページをめくりはじめるだけです。箱の蓋を開け、そこに待つ、「希望《きぼう》」と「絶望《ぜつぼう》」のドラマを味わいたく――いや、参加したくなってきたでしょう？

最後になりましたが、石踏一榮の眼前にはさまざまな未来——無限《むげん》の地平が今開かれています。

みなさまの応援のお手紙で、その一歩を踏《ふ》み出《だ》す勇気《ゆうき》と、そして声援《せいえん》をいただければ、幸いです。「『電蜂』のキャラクターに関することや感想」、「続編が読みたい」「こんな作品待ってます」等々。なんでも結構《けっこう》です。多くの声援が、勇気と未来につながります。

ファンレターは左記のあて先までお願い致します。

〒一〇二—八一四四
東京都千代田区富士見一—一二—一四
富士見書房　ファンタジア文庫編集部気付
石踏一榮（様）

富士見ファンタジア文庫

電蜂

DENPACHI

平成18年1月25日　初版発行

著者——石踏一榮《いしぶみいちえい》

発行者——小川　洋

発行所——富士見書房

〒102-8144

東京都千代田区富士見1-12-14

電話　営業　03(3238)8531

　　　編集　03(3238)8585

振替　00170-5-86044

印刷所——暁印刷

製本所——BBC

落丁乱丁本はおとりかえいたします

定価はカバーに明記してあります

2006 Fujimishobo, Printed in Japan

ISBN4-8291-1788-5 C0193

富士見ファンタジア文庫

トウヤのホムラ

小泉八束

崇神の生まれ変わりであるため〈船津〉一族により厳重な封印を施され、古びた社に10年間も閉じ込められていた少年・船津東哉。

ある日、従姉妹の麻里が訪ねてきて取引を持ちかけてきた。解放する代わりに船津に力を貸して欲しいと。いやいやながら引き受ける東哉だったが……。“神”と人間の危険な遊技が始まる！第16回ファンタジア長編小説大賞準入選。新時代の伝奇アクション登場！

富士見ファンタジア文庫

ムーンスペル!!

尼野ゆたか

子供向け詠唱教室の教師をしながら、王国詠唱士を目指す青年クラウス。ある日、彼は雨の中で倒れている少女を見つける。一晩たって目を覚ました少女は、エルリーと名乗った。尊大で時代がかった口調の、不思議な雰囲気を持つ美少女。彼女と関わるうちにクラウスの中で何かが変わり始めた……。

第16回ファンタジア大賞佳作受賞作。優しさ溢れるアットホーム・ファンタジー。